徳間文庫

仮装の時代

富士山麓殺人事件

西村京太郎

JN153779

徳間書店

目次

第一章　或《あ》る出会い

1

相模湖《さがみ》の湖面をバックにポーズをとっていた奈美子《なみこ》は、小さな欠伸《あくび》をし、

「疲れたわ、もう」

と、勝手に姿勢を崩してしまった。

「困るな。まだ六枚しか撮ってないんだぜ」

写真家の江崎《えざき》が、ファインダーから顔を上げて文句をいったが、その顔は苦笑していた。奈美子のわがままには慣れっこになっているという表情でもあるし、彼女に対する好意が顔をのぞかせている感じでもあった。

江崎が三脚をしまいはじめたのをちらっと見ただけで、奈美子は手伝おうとはせず、

「先に車へ戻ってるわ」

と、さっさと歩き出した。

江崎は、「芸能ジャーナル」の専属カメラマンで、女を撮《と》らせては若手でピカ一といわれている。それだけに、女性タレントの多くが、彼に写真を撮られたがっていたし、そんなことから、彼との間に噂《うわさ》をたてられたタレントも何人かいる。だが、奈美子には、彼に気に入られたいという気持ちはなかった。今日のように、写真を撮られていても、途中で勝手にポーズを崩してしまう。江崎が、それを、彼女の生まれつきのわがままと思っていることは明らかだったが、単にそれだけではない他の理由もあった。

中条《ちゅうじょう》奈美子。本名五味《ごみ》奈美子。年齢二十三歳。それほど有名ではないが、歌手であり、テレビドラマに出演したこともあり、詩集を出版したこともある。だが、彼女の現在を形成しているものは、そうした細々《こまごま》とした事実よりも、父である五味大造《だいぞう》の影響だった。そして、父の強い力が、自分に影響を及ぼしていることに、奈美子自身がいちばん強い嫌悪を感じていた。

五味大造は、五大新聞の一つS新報の社長であり、テレビ局の会長であり、他にもマスコミ界のさまざまな役職を兼ねている。ある社会評論家が、五〇パーセントの畏《い》敬《けい》と五〇パーセントの揶揄《やゆ》を籠《こ》めて、大造のことを「マスコミの帝王」と呼んだことがあり、それ以来、この言葉が五味大造の代名詞になった。

子供の頃、奈美子は父を尊敬し、誇りにしていた。小学校五年生のときには、「大人になったら、パパのような人と結婚したい」と作文に書いたこともある。

だが、実際に大人の世界に入ったとき、父の偉大さが逆に苦痛になりはじめた。何《ど》処《こ》でも、何時《いつ》でも、五味大造の一人娘だという肩書がついて廻った。それは、父が押しつけたものでないだけに、よけい重荷であった。

もし、奈美子が男だったら、父の職業とは全く別の世界に飛び込むことで、その圧迫から解放されようとしたろうと思う。だが、女の奈美子は、父の仕事の範囲である芸能界に足を踏み入れることで、父から自由になろうとした。一見矛盾しているようだが、父を通して眺めていた芸能界が、もっとも自由な世界に見えたからだし、歌が好きだったからでもある。そこに女の甘えがあったかもしれないし、この世界を絵葉書でも見るように眺めていたといえるかもしれない。

奈美子は、中条という芸名を使い、父の影響力が及ばないと考えられた小さなプロダクションの専属になった。

そこでは、一年間、レコードを出してもらえなかった。が、別に不満とは思わなかった。むしろ、生《なま》の実力が評価されているのだと受け止めていたくらいである。それが、ある日突然、彼女のレコードを出すという話が持ち上がった。冷たかったレコード会社のディレクターが、にこにこ笑いながら、君の実力ならもうレコードの二、三枚は出していておかしくないからねといった。

奈美子は感激し、力いっぱい歌ったつもりだったが、そのレコードは売れなかった。新人の場合、最初のレコードでつまずくと、次のレコーディングには会社が二の足を踏むものである。それなのに、プロダクションもレコード会社も、矢つぎばやに次の吹き込みの企画を立てた。理由は簡単だった。会社が彼女の素性を知り、五味大造の名前を利用しようとしたにすぎなかったのである。会社は、大造が会長をしているSテレビとつながりを持ちたがっていた。それで大造の心証をよくしようとして、奈美子のレコードを、売れないのを承知で出したのである。

奈美子は嫌気がさして、そのプロダクションを辞め、フリーになったが、ほとんど無名の彼女に、テレビ局からドラマ出演の話が持ち込まれ、他のレコード会社が契約の話を持ち込んできて、彼女を驚かせた。

大造が、娘のために裏で運動したわけではない。彼は、そうしたことの嫌いな男だったし、公私混同の出来る性格でもなかった。だが、そうした大造の潔癖さと、彼が

「マスコミの帝王」と呼ばれ、奈美子がその一人娘だという事実は別のことだった。周囲は否応なしにその事実のほうに眼を向けたし、「帝王の一人娘」という肩書は、ジャーナリスティックないい方をすれば、「売れるキャッチフレーズ」なのである。

実力よりも、キャッチフレーズを持っているかどうかが人気を左右する現代で、マスコミが、奈美子の肩書を放っておくはずがなかった。

テレビ局への出演の話が急に多くなり、マスコミに取り上げられる回数も増えた。ある出版社は、彼女が詩を書き溜めていると知って、ほとんど無理矢理に原稿を持ち去って出版した。こうして、中条奈美子の名前は、急に話題になっていったが、それとは逆に、彼女自身は憂鬱《ゆううつ》になり、希望を持って飛び込んだ芸能界に意欲を失いはじめた。

開き直って、父の名前を利用してやろうと考えるには、彼女は潔癖すぎた。この潔癖さは、皮肉なことに父の大造から受け継いだものらしい。

実力がないのに、父の名前のおかげで虚名を得ているのではないか、という不安と、いらだたしさが、常につきまとって離れないのである。

もし、虚名なら、父に反抗したつもりが、「西遊記」の中の話のように、父の掌の上で踊っていたのと同じことになる。

太宰《だざい》治《おさむ》に「水仙」という小品がある。菊池寛《きくちかん》の有名な「忠直卿行状記《ただなおきょうぎょうじょうき》」を引っくり返して見せた作品である。

菊池寛の作品では、忠直卿の家臣が、剣術の稽古《けいこ》でわざと負けて、勝ちを主君にゆずってしまう。いらだった忠直卿が、真剣を抜いて斬《き》りつけるが、それでも家臣は甘んじて斬られてしまい、そうした忠義が、忠直卿を狂気に追い込むという話である。

太宰は「水仙」の中で、菊池寛のこうした解釈に疑問の眼を向けて、忠直卿は本当は剣の達人、天才だったのではあるまいか、家臣はわざと負けたのではなく、どうしても忠直卿に勝つことが出来なかったのではないか、そうした自分たちの腕の未熟さを誤魔化すために、勝ちをゆずったような顔をしていたのではないかと書いている。

奈美子は、最近になって、この小品のストーリィを思い出すことが多くなった。太宰の逆説は、いかにも才走っていて面白いが、忠直卿の悲劇は、本当は強かったのに弱いと思い込んでいたところにあるとは、奈美子は思わなかった。

強かったか弱かったか、本当のところはどうでもよいのだ。彼の悲劇の本質は、自分の力を正当に評価されない地位に彼がいたことであり、それにもかかわらず、自分の力を正当に評価しようと試みたことにある。

奈美子は、忠直卿に自分を擬《ぎ》そうとは思わない。だが、自分の実力はいったいどれくらいのものか知りたいという気持ちは強かった。自分の歌は本当に上手《うま》いのか、出演したテレビドラマで、本当に演技者として通用しているのか、自分の詩は、出版に値するだけの閃《ひらめ》きを持っているのか、それが知りたいと思う。

だが、それが無理な願いであることにも気づいていた。現代は、虚名と実力の区別のつきにくい時代である。表現をかえれば、虚名がすなわち実力でもある時代なのだ。マスコミ自体が、古典的な潔癖さを放棄して、売れるか売れないかだけで、相手を評価しようとする。芸が未熟でも、売れる限り、そのタレントは実力があるのである。

「マスコミの帝王」の一人娘という肩書は、彼女の芸の中身とは何の関係もない。だが、そのキャッチフレーズで人気が出れば、現代では実力に変わる。

奈美子にドラマ出演を依頼したテレビ局のディレクターが、大造におもねるためにそうしたとは限らない。むしろ、彼女が売りものになると判断したからと考えるべきだろう。そのディレクターにとって、大造の娘ということは、そのまま彼女の実力なのだ。

こうした空気の中で、何処までが虚名かを知ろうとする努力は、馬鹿げているのである。発狂に近いといってもいい。忠直卿は、菊池寛の小説のように、追いつめられて狂気したのではなく、彼の地位で、自己の力を正当に評価しようと考えた地点で、すでに狂気に近かったのである。

奈美子は発狂したりはしない。だが、いらだちは、常につきまとった。それが時に、彼女の態度をわがままに見せ、傲慢《ごうまん》に見せたりした。

芸能界から足を洗おうと考えたこともある。だが、他の方向に進んだところで、結果は同じだと考えてやめてしまった。それに、今の奇妙な人気が虚名であるにしろ、それで金が入る限り、父から独立して生活し、車を持つことも出来る。

仕事をやめたら、完全に父の庇護《ひご》の下に入らなければならない。父はそのほうを歓迎するだろうが、自分自身が今よりやり切れない気持ちになることはわかっていた。だから、意欲を失いながら、芸能界で生活しているという奇妙な状態は、これからも続きそうだった。

奈美子は、車を置いた所に戻って呆然《ぼうぜん》とした。

彼女のアルファ・ロメオは消えてしまっていたからである。

2

買ったばかりの新車であった。一瞬、盗まれたのかなと狼狽《ろうばい》したが、視線を、ゆるい傾斜のほうに向けると、坂の下に、アルファ・ロメオが、少し傾いた恰好で停まっていた。どうやら、サイドブレーキが外れて、斜面をずり落ちたらしい。

奈美子は、ほっとして、車のところまでおりて行った。上から見たとき、車が少し傾いて見えたのはそのためだった。

おまけに、昨日の雨で地盤がゆるんでいる。運転席に腰を下ろして、エンジンを廻し、慎重にスタートさせてみたが、心配したとおり、後輪が穴からあがらず、空廻りして泥の中にめり込むばかりだった。

江崎が来て、車を押したが、結果は同じだった。

「こりゃあ、板でもあてがわなきゃ駄目だな」

と、江崎はいい、板きれを探してくるといって、斜面をのぼって行った。

奈美子は、煙草をくわえてから、リアシートに江崎が置いていったカメラに眼をやった。彼とつき合ってもう一年になる。

江崎は、自分に好意を持っていると思う。だからこそ、必要以上に彼女の写真を撮るのだろう。悪い気はしないし、自分が写真を撮り、雑誌に載せてやれば喜ぶものと決め込んでいる彼の単純さが微笑《ほほえ》ましくもある。

だが、江崎の好意を素直に受け入れられない何かがあった。その微妙な感情は、江崎にあるというより彼女自身にあるようだった。

奈美子が、煙草に火をつけたとき、ふいに車の横に人影が立った。江崎が戻ったのかと思ったが、そうではなかった。

ジャンパー姿の若い男で、江崎と同じ二十七、八に見えたが、彼ほど洗練された感じはなかった。

その男は、長身を折り曲げるようにして、フロントガラス越しに奈美子の顔を見て、にやっと笑った。

「こりゃあ、ひどいことになったもんだね」

と、男は、無遠慮に大きな声を出した。奈美子は黙っていた。彼女は、無遠慮に見られたり、声をかけられたりするのは、あまり好きではなかった。それで、顔をしかめて見せたつもりだったが、男はけろりとした顔で、今度は、「ぱーん」と、音を立ててボディを叩いた。

「ちょっと、エンジンをかけてみなよ」

「――――」

奈美子は、返事をせずに男の顔を睨《にら》んだが、黙っていると、また、ボディを叩かれそうだった。アルファ・ロメオのボディがちょっとへこんでも、何万円もの修理代がかかる。それに、男の服装から見て、修理代は取れそうにない。

「エンジンをかけても駄目なのよ」

と、奈美子がいったのは、そのためで、男に返事をする気になったためではなかった。

「そういやあ、タイヤが泥の中にめり込んじまってるなあ」

男は、肩をすくめ、また、大きな掌でボディを叩いた。

「ちょっと。むやみにボディを叩かないで頂戴《ちょうだい》」

奈美子は、相手を叱りつけた。が、叱ることで、いつの間にか男と会話を始めてしまっていた。男は「ああ」と笑い、自分の掌を眺めてから、

「つい、おれのポンコツと同じ気になっちゃってね。もっとも、車に変わりはないけどな」

語尾を、もぐもぐと口の中で呟《つぶや》いてから、

「よしッ」と、急にひとり合点に大きく肯《うなず》いて、ジャンパーを脱ぎはじめた。

どうやら肌脱ぎになって、車を押してくれるつもりらしい。そう察すると、奈美子は、今までの腹立たしさが消えて、可笑《おか》しくなってきた。

この男は、粗暴だが、根はいい人間らしい。それに彼女は、江崎が押して駄目だったことを知っているだけに、男が張り切っているのが滑稽《こっけい》に見えた。

男は、脱いだジャンパーを抱えて、車の後部へ廻って行った。

奈美子は、押しても無駄なことを教えてやろうと思ったが、二度もボディを叩いたことを思い返して、意地悪く黙っていることにした。窓から首を突き出すようにして、男のほうを見た。男が力《りき》むのをしばらく見物してやるのも悪くない。奈美子には、そんな意地の悪さみたいなものがあった。彼女が特別に意地の悪い女というのではなかったし、彼女自身も気づいてはいなかった。それは、彼女の育てられた環境が、自然に身につけさせたものだろう。彼女自身が意識していないにもかかわらず、他人から見れば、彼女が傲慢に見えるのと同じことである。

男は穴にめり込んだ後輪のところで立ち止まった。が、次にしたことは、奈美子が意地悪く待ち構えていたこととは違っていた。男は、ボディに手をかけて押すかわりに、しゃがんで、手に持ったジャンパーを泥とタイヤの間に押し込みはじめたのである。

奈美子の眼が大きくなった。驚いたときの彼女の表情だった。

男が、こちらを向いて、「エンジンを廻してッ」と、大声で怒鳴った。

奈美子は、反射的にアクセルを踏んでエンジンをふかした。

エンジンが唸《うな》りをあげ、タイヤがジャンパーに喰い込み、かきむしる。車体がビリビリふるえてから、ふいに、ひょいと穴から脱け出した。

奈美子は、急いでサイドブレーキを引き、車を飛び降りると、穴の所へ走って行った。

男は、泥まみれになったジャンパーをつまみ上げていた。ジャンパーはタイヤにかきむしられ、無残に引き裂かれている。ボロボロだった。

男は「へえ」と、妙に明るい声をあげ、それを、ぽいと穴に捨ててしまった。

「弁償するわ」

と、奈美子は、興奮した声でいった。

「いいさ。おれが勝手にやったんだから」

男が笑った。

「幾らか、いって頂戴。五、六万くらい？」

「いらないよ。古着屋で買ったんだ。それに何度も着てるから、質屋も敬遠する代物《しろもの》さ」

「それじゃあ、私の気がすまないわ」

奈美子が、男の顔を見上げていったとき、江崎が、手にみかん箱の切れ端をぶら下げて、疲れた顔で戻ってきた。

「何だ。脱けられたのか」

と、江崎がいい、奈美子が彼のほうを向いたすきに、男は、身軽く斜面を駈け上がって姿を消してしまった。

奈美子は、あわてて、ハンドバッグから一万円札を五、六枚抜き出すと、それを、江崎の手に押しつけて、

「今の男にこれを渡して頂戴」

と、頼んだ。

江崎は、きょとんとした顔で「これを？　何故《なぜ》？」と呟いた。奈美子は、そんな江崎の顔がひどく間が抜けて見えた。

「いいから、早く、渡してくれればいいのよ」

彼女は叱りつけるようにいった。

江崎はわけがわからないというように、くびを振りながら斜面を駈け上がって行ったが、しばらくすると、肩をすくめて戻って来た。

「何処《どこ》かへ消えちまったよ」

江崎は、一万円札を奈美子に返しながらいった。奈美子は、虚脱したような表情になっていた。

「何があったのか、説明してくれないかな？」

江崎がいった。奈美子が、男のやったことを手短かに話すと、

「キザな奴だな」

と、いかにも江崎らしいいい方をした。いつもなら、江崎のそんないい方に、奈美子は笑ってしまうのだが、今は不思議に笑う気になれず、ぼんやりした顔で穴に捨てられた男のジャンパーを眺めていた。確かに男のやったことは、江崎のいうようにキザな行為だ。だが、ひょいとジャンパーをタイヤの下に敷いた男の動作が、ひどく新鮮な驚きに感じられたことも事実だった。その驚きが、まだ彼女の心に余韻となって残っている。

奈美子はしゃがんでジャンパーを拾い上げた。指が泥で汚れるのを構わずにポケットを調べると、小さくたたんだ紙片が出てきた。

広げてみると質札だった。

腕時計一コ、一千円也――と書いてある。安物の時計らしい。奈美子は、黙ってその質札をハンドバッグにしまった。

帰りの車の中で、江崎は、しきりに、その男のことを気にしていた。

「どう考えてもキザだな」

と、江崎は、何度も同じ言葉を繰り返し、奈美子が返事をせずにいると、自分の言葉の空廻りに気づいて、彼も黙ってしまった。

車が、中央高速道路に入ったとき、梅雨《つゆ》明けを告げるように、轟然《ごうぜん》と音を立てて、雨が落ちてきた。

奈美子は、ポロシャツ姿でこの雨に打たれているさっきの男の姿を想像した。想像の中の男は、ずぶ濡《ぬ》れになりながら、大きな口をあけて空を見上げ、雨滴を呑み込みながら笑っていた。

3

翌日、テレビ局での音楽番組に出たあと、奈美子は、アルファ・ロメオを、質札に印刷されている渋谷《しぶや》の質屋に走らせた。

渋谷といっても、中野に近いあたりで、甲州街道に車を止めて、細い路地を入って行くと、「星野質店」という看板が眼に入った。

奈美子は質屋ののれんをくぐった経験はない。物珍しそうに家の造りを眺めてから中に入った。眼鏡をかけた、眠そうな顔つきの老人が出てきて、彼女が質札を示すと、すぐ奥から腕時計を持って来た。やはり古ぼけた安物の時計だった。奈美子は金を払ってから、

「これを質に入れた人の名前を知りたいんだけど」

といった。老人は変な顔をしたが、それでも台帳を見て、この近くの「青葉荘」というアパートに住む早川《はやかわ》吾郎《ごろう》と教えてくれた。

（早川吾郎か）

奈美子の眼に、男の笑顔が浮かんだ。質屋を出てから、いったん教えられた方向へ歩き出したが、思い直して表通りに戻ると、近くにあった時計店へ入った。そこで、十八万円のスイス製の腕時計を買った。店員には、贈り物にしたいと告げ、それが包まれている間、奈美子は、椅子に腰を下ろして、自分の気持ちを考えていた。

江崎は、どうやら奈美子があの男に好意を感じたのではないかと思って、心配しているようだ。湖からの帰りの車の中で「キザな奴だ」と悪口をいったのは、そのためだろう。それを思い出して、奈美子は苦笑した。あのときの男の行動は確かに彼女にとって新鮮な驚きだった。だが、だからといって自分が、あの男に魅《ひ》かれたとは感じ

ていなかった。

十八万円もの腕時計を買ったのも、今度は、早川吾郎というあの男を、逆に驚かせてやろうという気持ちがあったからにすぎない。それに、何故、早川が、あんなことをしたのか、その理由も知りたかった。単純な好意と受け取るには、奈美子は用心深い女になりすぎていた。

奈美子は、テレビによく出るようになってから、顔もかなり知られている。あの男は、彼女が五味大造の娘と知っていて、あんな真似をしたのか、それとも知らずにやったのか、それも確かめてみたい。

時計店の若い店員は、腕時計の包みを渡すとき、はにかんだような笑いを浮かべて、

「ボクは、あなたの歌が好きです」

といった。この店員も彼女のことを知っていたのだ。としたら、早川吾郎という男も奈美子のことを知っていた可能性が強い。

青葉荘は、モルタル塗りのありふれたアパートだった。壁のモルタルに、昨日の雨がしみ込んで、まだら模様を作っている。ごみごみした場所で、表は夏の強い陽差しが照りつけているというのに、玄関を入ると、狭い廊下が妙に薄暗かった。廊下の両側に、四畳半か六畳の小さな部屋が並んでいる。こんなところなら、部屋代はせいぜ

い三万円ぐらいだろうと考え、十八万円の腕時計を突きつけられたら、さぞびっくりするだろうと、奈美子は心が弾んできた。今度は、あの男の驚く番だ。

早川吾郎の部屋は、二階の隅であった。ドアをノックすると、ランニングシャツ姿のあの男が、にゅっと顔を出した。

「昨日はどうも」

と、奈美子はその顔に向かって微笑した。

早川は、照れたように、にやっと笑ってから、「どうぞ」と、身体をずらして、彼女を部屋に招じ入れた。

六畳一間の狭い部屋だった。窓際にベッドと机が並び、斜めに張ったロープに、下着や靴下がぶら下がっている。壁に貼《は》られたヌード写真が、いかにも平凡な若者の部屋らしい雰囲気を作っていた。

奈美子が、昨日のお礼だといって腕時計の包みを渡すと、彼女が予想したとおり、早川は、びっくりした表情になった。奈美子は満足した。

「こんな高いものは貰《もら》えないな」

と、早川は当惑した表情でいった。

「受け取ってもらわないと困るのよ。そのためにわざわざ来たんだから」

「しかし――」

「どうしても受け取ってくれないんなら、昨日あなたがやったみたいに、その時計をドブに捨てちゃうわ」

「困ったな」

早川は、苦笑して、ちょっと考えていたが、

「貰ったら、この時計をどうしても構わないかい?」

と、改まった口調できいた。

「もちろん構わないわ」と、奈美子は笑って見せた。

「質屋に入れてもいいわよ」

といって、質店から請《う》け出してきた腕時計も、ハンドバッグから取り出して、早川の前に置いた。

「参ったな、どうも」

早川は頭を掻《か》いてから、

「それなら、両方とも遠慮なく頂くことにするよ」

「そうしてもらいたいわ。ドブに捨てるのは、あたしも嫌だもの」

「ところで、今日は、車で来たの?」

「ええ」

「昨日の車?」

「そうよ」

「それなら、これから、おれにつき合ってくれないかな。車で一緒に行ってもらいたいところがあるんだ。おれのはポンコツの上に、軽四輪でトランクがないから」

「何処へ行くの?」

「一緒に来てくれればわかるさ」

早川は、質屋から出した古ぼけた腕時計を腕にはめ、スイス時計の包みを手に持って立ち上がった。

奈美子は、一緒にアパートを出たが、早川が何処へ案内しようというのか想像がつかなかった。腕時計のお礼に夕食にでも誘《さそ》うつもりなのだろうと考えたが、それにしては、車のトランクのことをいった意味がわからなかった。それに、ポロシャツにサンダルという恰好は、女を食事に誘う服装ではなかった。

早川は、表通りに出ると、

「ちょっと待っていてくれないか」

と、奈美子に断わって、古道具屋に入って行った。

二、三分して出て来たが、手に五枚の一万円札を持っていて、
「がめつい親爺で、五万円にしかならなかったよ」

といった。

奈美子は、腹を立てるよりも、呆気《あっけ》にとられて、早川の顔を眺めていた。

「あの時計を売ったの？」

「だいぶ損をしたようだけど、ドブに捨てちゃうよりいいからな」

早川はけろりとした顔でいい、

「さて、今度は買いものだ」

と、一人で肯《うなず》いて、どんどん先に歩き出した。

次に早川が足を運んだのはオモチャ屋だった。奈美子も仕方なしに、彼の後について、その店に入った。

「あんたも一緒に選んでくれないかな」

と、早川は、店いっぱいに並んでいるオモチャを楽しそうに眺めながら、奈美子にいった。彼女は、早川のペースで自分が引き廻されているような気がして、軽い反撥《はんぱつ》を感じながら、

「まさか、あなたの子供のオモチャじゃないでしょうね？」

と、冗談をいった。下手な冗談だと自分でも思ったが、そんなことでもいわなければ、自分のペースにならない感じだった。

「おれに子供はいないさ」

早川は、真顔でいってから、近くにあった犬のぬいぐるみを手に取った。

「あんまり高いものは困るんだ。なにしろ人数が多いからね」

「男の子？　女の子？」

「男十人に女十人、合計二十人。年は三つから小学校にあがる前まで」

早川は、暗誦《あんしょう》するようにいった。

「だから一人平均二、三千円かな」

二人は、オモチャ選びを始めた。あれこれ、オモチャをいじるのは、奈美子にも結構楽しめた。童心に返るところまでは行かなくても、彼女につきまとって離れないいらだちを忘れさせた。

早川は、選んだオモチャを、きれいなリボンで飾ってくれるように店員に頼んだ。

二十分ほどして、二十箇の包みが出来上がった。

二人は、それを、アルファ・ロメオのトランクに運び入れた。

「これから何処へ行くの？　サンタクロースさん」

奈美子は、ハンドルに手を置いて、早川にきいた。

「この近くにある養護施設。小学校へ行くまでの孤児が収容されているんだ」

「何故、そこへ行くの？」

「前に約束したんだ。贈り物をするってね」

「それだけ？」

「それだけさ」

と、早川は微笑した。

奈美子は、五百メートルほど離れた養護施設まで車を走らせた。

住宅や商店に囲まれた小さな施設だった。狭い庭では、上半身裸になった子供たちが走り廻っていた。

早川が贈り物を車からおろしはじめると、子供たちが歓声をあげて集まってきた。

奈美子は、わざと早川を手伝わずに、彼と子供たちのやりとりを眺めていた。彼女には、早川という男がよくわからなかった。無造作にジャンパーをタイヤの下に敷いた男。貰ったばかりの高級時計を、すぐ古道具屋に売り飛ばして、それで施設の子供に贈り物をする男。これは、この男の生地なのだろうか。それともポーズなのだろうか。

白いブラウス姿の保母と一緒に、子供の一人一人にオモチャを渡している早川は、本当に嬉《うれ》しそうだった。意識して意地悪く見ても、芝居をしているようには見えなかった。

4

暑い日が続いた。もう完全な夏であった。

プールで水着写真を撮りたいからと、江崎からの電話で、奈美子は、よく行くKホテルのプールへ車を飛ばした。

都内のプールは連日どこも満員らしいが、ここは三千円という高さのせいかゆったりとしている。外国人の姿が多いのは、ホテルのプールのせいだろう。

江崎は、水着写真を撮りたいといったくせに、五、六枚、彼女のビキニ姿を写しただけで、カメラを置いてしまい、

「この間の男に、その後会ったかい？」

と、早川のことをきいた。どうやら、水着写真は表向きで、それが聞きたくて呼び出したらしい。奈美子は、クスクス笑った。

「会ったわ。名前は早川吾郎」

「それで?」

「それでって?」

「どんなことを話したんだい?」

「それが変な具合なのよ」

奈美子は、意識して少しオーバーな話し方をした。江崎が早川のことを気にするのが面白かったせいもあるし、江崎が示す反応から、逆に早川吾郎という人間の正体を知りたい気持ちもあったからである。喋《しゃべ》りながら、奈美子は、先日、養護施設にまでつき合いながら、肝心のことをきくのを忘れてしまったのを思い出した。早川が、中条奈美子と知ってジャンパーを犠牲にしたのかどうかということである。そういえば、二度目に会ったとき、早川は、一度も奈美子の名前を聞こうとしなかったし、知りたいという素振りも見せなかった。あれは、彼女の名前を知っているから聞こうとしなかったのだろうか。それとも、名前を知りたいほど彼女に関心を持っていないということなのか。もし後者だったらと考えたとき、奈美子の顔が少し蒼《あお》ざめた。侮辱と感じたからである。

「ますますキザな男だなあ」

江崎は、奈美子の話を聞き終わって舌打ちした。それが彼の最初の反応だった。

「完全に君を意識したポーズだよ」

「そうかしら？」

「貰ったばかりの腕時計を贈り主の前で売り飛ばして、その金で施設の子供にオモチャを買うなんて、キザを通り越して嫌味だよ。断言してもいいが、君に見せるための芝居さ」

「何故、そんなことをする必要があるのかしら？」

「もちろん、君の注意を引くためさ。君という女は、たいていのことじゃ驚かない。奴はそれを知ってるんだ。だから大芝居をしたのさ。僕にいわせりゃあ、下手な猿芝居だが、癪《しゃく》に触るのは、君がどうやら、それに感心してしまったらしいことだ」

「私は、それほど甘い女じゃないわ」

「だが、君は、わざわざ奴のアパートまで訪ねて行ったじゃないか」

「恩を売りつけられたままでいるのが嫌だったからよ」

「しかし、君は、奴に興味を感じている」

「確かに興味は持ってるわ。でも、あの男に対してじゃないわ。あの男の行動の何処までが、あなたのいったポーズで、何処までが生地なのか、それが知りたいだけよ」

奈美子の言葉には意識しない嘘があった。ある人間と、その人間の行動を区別することは出来ない。早川吾郎の行動に興味を持つということは、早川という男に興味を持つことでもある。だが、奈美子は、別のものと思っていたし、自分の言葉を信じていた。

「そんなに気になるのなら、奴のことを僕が調べてやろうか？　友人に探偵社をやっている男がいるから、あんな男のことなら、二、三日で調べられるよ」

江崎がいくらか固い表情でいった。パラソルが陽をさえぎり、彼の眼のあたりは陰になっていたが、奈美子は、かすかに嫉妬《しっと》の色が浮かんでいるのを、敏感に感じ取った。それはもちろん、女として不快な発見ではなかった。

「何故、わざわざ調べてくれるの？」

「奴の猿芝居をあばいてやりたいからさ。君はがっかりするかもしれないが」

「全部ポーズだというわけ？」

「だいたい、車のサイドブレーキが外れて、後輪が穴に落ちたということからして、臭いと思うんだ」

「まさか――」

と、奈美子は笑ったが、江崎は固い表情を崩さなかった。

「君は、あのときサイドブレーキを引いたんだろう？」

「引いたわ」

「だが、ドアの鍵はかけなかったんじゃないのかい？」

「ええ。近くで写真を撮るから、盗まれることもないだろうと思って――」

「それではっきりするじゃないか。最初からインチキだったのさ。奴は、サイドブレーキを外して車を穴に落としたんだ。そして、ジャンパーを犠牲にするような大芝居を打って、君の気を引いたんだ。穴に捨てたジャンパーのポケットに質札が入っていたなんて、出来過ぎてると思わないか？　君がその質札を見て礼をしに来るのを、ちゃんと計算していたんだと思うな」

「その芝居に、私がまんまとのせられたというわけ？」

奈美子は眉をひそめた。早川吾郎の行動が、ポーズかもしれないという疑問は、彼女も持っている。

だが、江崎の言葉は、少し考え過ぎではないだろうか。

「私は、そうは思わないけど、あなたの友達に調べてもらおうかしら？」

「ああ」

と、江崎は肯いたが、急に眼を光らせて、

「いや、調べるまでもないかもしれないよ」

「何故？」

「奴が、自分のほうから正体を現わして来たらしいからさ」

「え？」

「奴が来てるよ」

江崎が顎《あご》でしゃくって見せた。奈美子が、椅子に腰を下ろしたまま、首だけ動かすと、プールの入口から早川吾郎が入ってくるのが見えた。

「このプールは、腕時計を質入れするような男の来るところじゃない」

江崎が、奈美子の耳元でささやいた。

「それに、奴は、君がこのプールによく来ることは、芸能誌やスポーツ新聞に出ている。明らかに、奴は、君目当てに来たんだ。前の二回で十分に君の注意を引きつけたもんだから、今日は、その仕上げに来たんだろう」

江崎のいい方には、はっきりと刺《とげ》が感じられた。

5

早川の身体は、陽焼けして逞《たくま》しかったが、まだどこかに青年らしい優しい線《スレンダー》を残していた。

彼は入口を入ったところでプールに飛び込むと、ゆっくりとクロールで泳いで来て、奈美子たちのパラソルの近くにひょいとくびを出した。それから、初めて奈美子に気がついたように「やあ」と、白い歯を見せた。

奈美子は、探るような眼で早川の顔を眺め、それから、「座りなさいよ」と、やや固い声でいった。

早川は、濡れた顔をごしごし両手でこすり、滴《しずく》を振り払ってから、江崎をちらっと見て、二人の間に腰を下ろした。

「君のことは、彼女からいろいろ聞いたよ」

と、江崎は、サングラスの顔を向けて、早川にいった。

「なかなかやるそうじゃないか」

江崎のいい方には、明らかに揶揄《やゆ》のひびきがあった。奈美子は、早川の顔を見た。

が、彼は、にやっと笑っただけだった。江崎の皮肉がわからなかったのか、それとも、わかったが、わざと無視したのか、奈美子には判断がつかなかった。

「君は、ここへよく来るのかい？」

江崎が、煙草に火をつけてからきいた。早川は、笑って、

「生まれて初めて来たんだ。おれは今、失業中だから、こんな高いところには何回も来られないよ。第一、こんなお上品ムードはおれのガラじゃない」

「ガラじゃないのに、何故来たんだい？」

「一度くらいは、こんなプールをのぞいておくのも、いいと思ってね」

（嘘だ）と、奈美子は感じた。この男は、少しやりすぎた。ついさっきまで、彼女には、早川の行動が芝居なのか判断がつかなかった。江崎が、全部ポーズさといったときも、彼の言葉を信じはしなかった。そして、早川という男に、反撥を感じながら魅《ひ》かれるものも感じていた。

だが、早川は、このプールに来たことで、尻尾《しっぽ》を出した。プールの向こう側で飛び込み、こちらまで泳いで来て、奈美子に初めて気がついたような顔をした。下手くそな芝居だ。

「失業中というと、いったい、何で喰っているんだい？」

江崎が、意地の悪い質問をした。

また、見えすいた嘘の返事をするだろうかと、奈美子は、早川の顔を見たが、彼は、答える代わりに、いきなり彼女の腕をつかんで立ち上がった。

「せっかくプールに来たんだから、泳ごうじゃないか」

強い力だった。

奈美子は、引っ張られて椅子から立ち上がったが、顔をしかめて「放してよ」と、尖《とが》った声を出した。

「お芝居は、もう終わったわ」

「芝居？」

早川は、手を放したが、その顔に笑いが浮かんでいた。

「いったい、何を怖がってるんだ？」

「怖がる？　私が？」

奈美子は、相手を睨《にら》んだ。

が、早川は、

「そうさ」

と、笑った。

「そうでなければ、一緒に泳ごうといっただけで、何故、そんなに驚くんだ」

「馬鹿をいわないで。あんたを怖がってるんじゃなくて、正体がわかったから馬鹿らしくなっただけよ」

「正体とは大袈裟《おおげさ》だな」

「確かに、この間の芝居は上手《うま》かったわ。ジャンパーをいきなりタイヤの下に投げ込んだり、私が贈った腕時計を古道具屋に売って施設の子にオモチャを買ってやったり。おかげで、私はドキッとして、ずいぶん楽しませてもらったわ。面白い手品を見せてもらったみたいなものね。でも、タネが割れたのに、手品を続けるのはもっと馬鹿らしいわ」

「何をいってるのかわからないな」

「わかっているはずよ。今までのあんたの行動は全部芝居だったし、その芝居は、もう見すかされたということよ。あんたが、今日このプールに来なければ、私は、まだ楽しく欺《だま》されていたかもしれないけど、今日のあんたの行動は、あまりにも下手すぎたわ。むしろ、私がここに来ることを知っていて、来たんだと正直にいったほうが、すっきりしているし、芝居の幕切れにふさわしかったと思うわ。それならそれで、まだ、あんたとつき合う気が残ったかもしれないけど、下手な芝居を延々と続けられるのはうんざりだわ」

「つまり、君はもう、お呼びじゃないというわけさ」

江崎が横から、宣告をするようにいった。これで、早川は腹を立てるか、そうでなければ尻尾を巻いて逃げ出すだろうと奈美子は思ったのだが、早川は、

「なんだそんなことか」

と、笑った。

「君たちは、つまらないことを気にしてるんだな」

「芝居じゃなかったというの？」

「芝居は芝居さ。確かにおれは、あんたと知り合いになるために小細工をしたよ。サイドブレーキを外して、車を穴に落としておいたのもおれさ。だが、結構あんたは楽しんでいたはずだ。それならそれでいいじゃないか。タネがわかったと、鬼のくびでも取ったみたいにいう気持ちがわからないな。それに断わっておきたいけど、おれは、好きであんな芝居をやったわけじゃない。普通の可愛らしくて素直な女の子と知り合いになるためなら、あんな七面倒くさい真似はしないさ。あんただから、やったんだ」

「私が、普通の子とどう違うの？」

「自分じゃ気がつかないだろうが、傲慢《ごうまん》で鼻持ちならないね」

「傲慢？　鼻持ちならないですって？」

奈美子の顔色が蒼ざめた。嘲笑《わら》ってやろうとしたが、その笑いが不器用に口元で凍りついて広がっていかない。

早川は、「そうさ」と、乾いた声でいった。彼の顔からも笑いが消えていた。

「おれみたいな男が、付き合ってくれといっても、あんたは鼻であしらったはずだ。だから、仕方なしに、あんたが気に入るような芝居をしたんだ。ところが、芝居とわかった途端に、その芝居が気に入ってたくせに、今度は欺されたと怒り出して、もうお呼びじゃないとくる。普通の可愛らしい女の子だったら、そんなことで怒らないね。だから、怒るのは、あんたが傲慢で鼻持ちならない証拠だというんだ」

「失礼なことをいうなッ」

と、江崎が怒鳴った。早川は、視線を江崎に向けて、「よせよ」といった。

「君のことをいってるわけじゃない。それに、もう退散するさ。喧嘩《けんか》をする気になれないからな」

早川は、五、六歩後ずさりしてから、奈美子の顔をもう一度見た。

「あんたが自惚《うぬぼ》れると困るから、一言《ひとこと》つけ加えておくけど、あんたに近づこうとしたのは、あんたに惚《ほ》れたからじゃない。あんたの親父の五味大造に用があったからさ。会いに行っても門前払いを喰わされるばかりだから、娘のあんたを通じて会おうと思ったんだ。こうなれば、他のルートを探すさ」

「待ちなさいよ」

奈美子は、蒼ざめたまま、帰ろうとする早川を呼び止めた。

「パパに何の用があるというの？」

「喧嘩さ」

「喧嘩？」

「喧嘩だよ。五味を叩きのめしてやりたいんだ」

「――――」

奈美子の顔に戸惑いの色が浮かんだ。が、それは、徐々に笑いに変わっていった。しまいには、声に出して笑った。

「あんたに、パパが叩きのめせると思う？」

「やってみなければわからないさ」

早川は、ぶっきら棒にいい、くるりと背を向けると、大股《おおまた》にプールを出て行った。

「あいつは、頭がどうかしているな」

江崎が、大袈裟《おおげさ》に肩をすくめて見せた。奈美子は、黙って、早川吾郎の消えたあたりを眺めていたが、急に江崎に視線を戻すと、

「お友達に私立探偵がいるといったわね？」

「ああ。まさか、奴のことを調べろというんじゃないだろうね？　あんな男のことなんか調べたって仕方がないよ」

「調べてもらいたいのよ。そして、あの男の希望どおり、パパに会わせてやるわ」

「何故？　まさか、奴が気に入ったわけじゃあるまいね？」

「反対よ。パパにあの男が叩きのめされるのを見てやりたいのよ」

第二章　挑　戦

1

　早川吾郎にとって、人生には、勝者と敗者しか存在しない。もちろん、こうした割り切り方は、多くの若者に共通した考え方で、彼だけが特別というわけではないが、早川の場合は、その意識が強烈であったし、いい加減なところで妥協すまいと心に誓っていた。それが、生来のものか、幼くして肉親を失ったことから来るのか、彼自身にもはっきりしなかった。恐らく性格や境遇や、さまざまなものが重なり合って、彼のそうした考え方を作り上げたのであろう。

　早川に強烈な印象を残した映画が一つある。題は確か「栄光」というアメリカ映画だった。上映当時、さして評判にならなかったから、映画の出来そのものはたいしたことはなかったのだろう。ストーリィは、育ちの良い男と、貧乏人の息子の二人が、俳優としてオスカーを争うというので、貧乏人の生まれの男は、オスカーを得るためにあらゆる卑怯《ひきょう》な手段を使う。審査員に取り入ろうとして、自分の恋人を犠牲にし、自殺させてしまったりもする。それに反して、ライバルの男のほうはひたすら誠実で、映画を愛し、芸熱心である。

そして、映画祭の当日になる。二人とも、他の何人かと主演男優賞の候補にのぼっている。早川が強烈な印象を受けたのは、映画祭の場面だった。

会場には、満員の聴衆が詰めかけている。いよいよ主演男優賞の発表。息をこらしている候補者たち。彼は自分の名前が読み上げられるものと信じている。が、司会者が読み上げたのはライバルの名前だった。誠実な人間が勝つというのは、映画によくある筋だが、早川が感動したのは、敗北した男がとった態度だった。

会場は拍手で埋まる。他の候補者たちも、いさぎよく勝者に対して拍手する。だが、その男だけは拍手しないのだ。彼だけは拳《こぶし》を作り、ひとりで会場を出て行く。そして、叫ぶ。拍手なんかできるかと。

早川は、その妥協しない態度に感動した。人生に勝者と敗者しかないのなら、ないと信じるならば、勝者になるためにあらゆる策謀を弄《ろう》するべきだ。そして、勝者には心にもない拍手などすべきではない。拍手したところで、敗者であることに変わりはないし、せいぜいいさぎよいと誉《ほ》められるぐらいのことだろうし、そんな誉め言葉は何の足しにもならない。

東京オリンピックの陸上一万メートルで、東南アジアの選手が何周も遅れてビリでゴールに入った。スタンドを埋めた大観衆は、よろめくようにゴールに入ってくるその選手に向かって、あらん限りの拍手をした。その拍手は一着の選手に対するよりも大きかった。新聞は「素晴らしい観衆」と書き立てた。テレビは、ゴールインするまでを克明に追い、アナウンサーは、やや上ずった声で、「この拍手をお聞きください。彼は敗けたのではありません。彼は自分に勝ったのです。彼こそ勝利者です」といった。

このアナウンサーは、競技の後で、一着になった選手にインタビューしたとき、ビリの選手のことと、観衆のマナーについて感想を聞いた。恐らくアナウンサーは、「素晴らしかった」とか、「感動した」という言葉を期待したのだろう。このとき、一着になったのは、ある大国の選手だったが、六フィート何インチかのこの大男は、アナウンサーの質問に対して、当惑したように肩をすくめ、一言だけいった。

「だが、あの男は敗けたんだ」

早川は、アナウンサーの上ずった言葉より、この大男の乾いた言葉のほうに感動した。彼は勝ち、東南アジアの選手は敗けた。いくら観衆が拍手しようと、この事実は消えはしない。

早川の、この二つの場面に対する感動の仕方には、多分に若者らしい気負いがあった。その気負いが、彼に勝者の喜びをもたらしてくれるか、それとも惨《みじ》めな敗者の道を辿《たど》らせるか、早川自身にもわからなかった。

2

「早川さんも、そろそろ結婚するんじゃありませんか?」

管理人が、にやにや笑いながら早川の部屋をのぞき込んだ。

半裸になって、タオルで汗を拭《ふ》いていた早川は「何故?」と聞き返した。

「おれには、そんな気のきいた女はいないよ」

「かくしたって駄目ですよ。昨日、探偵社の人が来て、あんたのことを、いろいろ聞いてましたよ。人柄はどうですかとか、何処に勤めてるだとか。もちろんわたしは適当に返事をしておきましたがね」

「ふうーん」

早川は伸ばした足の親指で、扇風機のスイッチを入れてから、にやっと笑った。どうやら魚が餌《えさ》に食いついて来たらしい。早川は、プールで会った五味奈美子の顔と身体を思い出した。彼女が探偵を雇ったのか、それとも一緒にいた男が、雇ったのかはわからない。どちらであるにしろ、彼女が自分に関心を持ったことだけは確かだと思った。

（あの一言が効果があったらしい）と、早川は考えた。「五味大造を叩きのめしてやりたい」という言葉は早川の切り札だった。彼女の車を穴から出すためにジャンパーを犠牲にするという芝居は、遅かれ早かれ見破られるだろうと考えていたし、見破られてもかまわないと思っていた。あれは早川吾郎という名前を彼女に覚えさせるための手段にしかすぎないからである。それは成功した。

芝居がばれず、ちょっとおかしい青年という印象を与えつづけることになったら、むしろ困るとさえ思っていた。

五味奈美子にはもっと強烈な印象を与える必要があった。五味大造を叩きのめしてやるというのは、そのために用意した言葉だった。

早川は、奈美子に接触する前に、彼女のことをいろいろと調べてみた。「マスコミの帝王」の一人娘にもかかわらず、彼女は家を飛び出し、自分の力で生活している。そこに、早川は、偉大すぎる父親への反撥《はんぱつ》を感じ取った。この想像が当たっていれば、

「五味大造を叩きのめしてやりたい」という言葉は、奈美子に強い印象を与えるはずであった。

(どうやら、この読みは当たっていたらしい)

と、早川は、ほくそ笑んだ。

五味大造を叩きのめしたいというのは、半分は嘘であり、半分は本当だった。現代のような情報社会では、勝利者はマスコミの勝者でなければならない。早川にとって、目標は五味大造だった。第二の五味大造になるためには、彼の庇護《ひご》を受けることも必要だし、時には彼と戦わなければならない。

早川はのっそりと立ち上がると、押入れをあけ、今日のために用意しておいた夏の背広を取り出した。まだ一度も手を通したことのない新品だった。ワイシャツもネクタイも、新しいものを用意してあった。

「めかしこんで、今日はデートですか?」

管理人が、ニヤニヤ笑いながらきく。この老人は、すっかり、探偵が早川の素行調査に来たものと思いこんでいるようだった。

早川は、胸ポケットにハンカチを差しこんでから、「まあね」と笑って見せた。

3

原宿のマンションの前で、早川はタクシーを降りた。降りたところで、彼は十二階建てのマンションを見上げた。「原宿スカイコーポ」と金文字の看板が掛かっている。五味奈美子はこの十階に住んでいるはずだった。

駐車場を見たが、彼女のアルファ・ロメオはなかった。留守らしかったが、早川は、構わずに入口を入り、エレベーターで十階へ上がった。

十階のちょうどまん中の部屋に、「中条」という小さな表札がついていた。ドアは閉まっていた。鍵もかかっている。

早川はしばらく考えてから、クリップを取り出した。それを引き伸ばし、先を小さく曲げてから鍵穴に差し込んだ。あまり自信はなかったが、何回か繰り返しているうちに、カチッと音がして鍵が外れた。

早川は、ドアをあけて部屋に入った。2LDKのゆったりした部屋だった。まだ時間は六時を廻ったばかりだったが、窓におりたカーテンのせいか、部屋の中は薄暗かった。

早川は、明かりをつけ、そのついでにクーラーのスイッチも入れた。ひんやりした空気が流れてくる。早川は突っ立ったまま、部屋を見廻した。

花模様の絨毯《じゅうたん》の敷かれた居間と、その奥が寝室になっている。居間の壁には大きな彼女のヌード写真が掲《かか》っていた。恐らく彼女と一緒にいた若いカメラマンが撮ったものだろう。だが、居間にも寝室にも男の匂いは感じられなかった。

早川は居間のソファに腰を下ろし、煙草を取り出して火をつけた。脇のマガジンラックに新聞が入っていたが、それは五味大造が社長をやっているS新報だった。父親に反撥しながら、S新報を取っているところに、奈美子の父親に対する微妙な感情がのぞいている感じだった。

(心にとめておいたほうが良さそうだな)

と、早川は自分にいい聞かせた。

早川が二本目の煙草に火をつけたとき、廊下に足音が聞こえ、その足音はこの部屋の前で止まった。

鍵をガチャガチャやる音がしたが、その音が、ふいに止まった。鍵があいているのに気がついたらしい。早川は、驚いている彼女の顔を想像して、にやっと笑った。

ドアがあき、緊張した奈美子の顔が居間をのぞいた。その顔に、早川は、「やあ」と笑いかけた。

緊張した彼女の顔に、最初、安堵《あんど》の色が浮かぶのが見えた。空巣にでも入られたかと心配したのが、早川とわかったためだろう。だが、彼女の顔には、すぐ怒りの表情が浮かんだ。

「あんたは泥棒もするの？」

「泥棒？」

早川は、微笑を浮かべたまま、きき返した。奈美子は近くにあった椅子に腰を下ろし、脚を組んだが、怒りの表情は消えていなかった。

「人の留守に黙って入れば、泥棒じゃないの」

「まだ何も盗っていないんだから、泥棒じゃないと思うがね」

「泥棒よ」

「それなら泥棒でもいいさ。だが、私立探偵を使って、人のことを根掘り葉掘り調べるのと、たいして違いないと思うんだがな」

「ふうーん」

と、奈美子は鼻を鳴らしてから、煙草に火をつけた。私立探偵の話を口にした途端に、彼女の顔から怒りの表情が薄らいだところを見ると、やはり彼女の仕業なのだなと、早川は思った。

「それで、文句をいいに来たってわけ？」

奈美子はふーッと煙を吐き出した。

「まあね」

と早川は肯いた。

「おれは、他人からあれこれ詮索《せんさく》されるのが嫌いなんだ。文句をいいに来たら、あんたは留守だった。引き返すのも面倒くさいから、ここで待っていることにしたのさ」

「でも、鍵が掛かってたはずよ」

「ああ」

「どうやってあけたの？」

「おれの友達に、そのほうの専門家がいてね。そいつに教えてもらったんだ」

「あんたの友達には泥棒もいるの？」

「どうせ私立探偵があんたに報告するだろうが、おれは十八のとき、二カ月ばかり少年鑑別所に入れられていたことがあってね。そこで一緒だった奴が錠あけの名人でね。針金一本でたいていの錠はあけてしまう。そいつにちょっと手ほどきしてもらったんだ」

少年鑑別所に入ったことがあるのは本当だった。一時的にグレたことがある。今になって考えれば、馬鹿なことをしたものだと思う。馬鹿なと思うのは、功利的に考えて、そんな反抗の仕方はマイナスでしかないとわかったからである。だから、いわずもがなのことなのだが、早川は少年鑑別所という言葉が、奈美子に与える効果を考えて、口にしたのである。育ちのいい人間は、逆の世界に興味を感ずるものだ。

案の定、奈美子は、「へえエ」と、眼を大きくした。

「あんたは、グレてたことがあるの？」

その顔から怒りは完全に消えていた。

「一時の迷いというやつかね」

と、早川は苦笑して見せた。どうやら、会話は、予想どおりの方向へ進んで行きそうだった。

「少年鑑別所って、いったいどんな所なの？」

「あんたとはまったく無関係の世界だね」

「まったくってことはないわ。あたしだってグレかけたことがあるもの」

「ほう」

といったが、それほど感心したわけではなかった。グレかけたといっても、たかが知れているという感じがするからである。恐らく父親に対する、ちょっとした反抗程度のことだろう。

早川には、小さいときから、反抗すべき両親もなかった。だから、彼の反抗と戦いの眼は、社会にだけ向けられていた。いわば反抗ということだけでいえば、早川は十代からプロであり、奈美子はアマチュアであるにすぎない。少なくとも、早川はそう考え、そういう眼で奈美子を見ていた。

4

奈美子は椅子から立ち上がると、早川の前をゆっくりと、行ったり来たりしはじめた。

「この間、プールで、パパを叩きのめしてやりたいといったわね」

彼女は歩きながらいい、立ち止まって早川の顔を見た。

「いった」

「何故、パパと喧嘩したいの？」

「今の社会で、いちばん力を持っている人間は誰かと考えたことがある。常識的にいえば総理大臣だが、地位が不安定だし、党員や支持者の顔色を窺《うかが》っていなければならない。それに今は情報社会だ。マスコミを握っている人間が、本当の実力者ということになる。それで君の親父の五味大造のことを考えたんだ。彼は本当の意味の実力者だ。だから喧嘩したい」

「本気なの？」

「もちろん、本気さ。いちばん力のある人間と喧嘩をやってみたいというのが、おれの望みなんだ。おれの生き甲斐《がい》はそれしかない」

「勝てないわよ。絶対に」

「この間も君はそういったが、おれも同じ答え方しかできないな。やってみなければわからない」

「パパに会わせてあげましょうか？」

それは早川が待っていた言葉だった。自然に笑いがこぼれてしまいそうになるのを、早川はぐっと抑えて、「ほう」と、くびをかしげて見せた。

「なぜ会わせてくれるんだい？」

「理由を聞きたい？」

「もちろん」

「あんたが好きになったから——」

といってから、奈美子は急に意地の悪い眼になって、

「と、いいたいとこだけど、本当はあんたがパパに叩きのめされるのを見物したいからよ」

「なるほど」

早川は笑った。

「いかにも、あんたらしい答えだな」

「私らしい？」

「育ちのいい人間に特有の、意地の悪さみたいなものだ」

「でも、喧嘩したがっているのはあんたよ」

「ああ。いつ会わせてくれる？」

「五、六日したら、パパの都合のいい日を聞いてあげるわ」

「五、六日か。なるほどね」

「何が、なるほどなの？」

「五、六日あれば、おれのことを調べた報告書が、私立探偵社から君のところへ届く。

安全な人間とわかってから、親父さんに会わせる気なんだなと思っただけさ。意外に親孝行なんだな」

「――――」

奈美子の顔が赧《あか》くなった。早川の言葉は、彼女のウイーク・ポイントをチクリと刺したらしい。父親に対して反抗の姿勢をとりながら、心の底には父親に対する信頼や愛情があるのだろう。それを知られるのが嫌なのかもしれない。チクリと刺すのはいいが、それ以上は相手の感情をこじらせてしまうだろう。早川は、話題を変えることにして、壁の写真に眼をやった。

「いい写真だね。モデルもいいし、カメラマンの腕もいい」

「あんたに写真がわかるの？」

奈美子の言葉が、いくらか皮肉な調子なのは、今の一瞬の狼狽《ろうばい》が、あとを引いているのかもしれない。

「少しはね」

と、早川はいった。

「一時、食べるために何でもやったことがある。あまり有名でないカメラマンの助手をやったこともあるんだ。これは、君と一緒にいた若いカメラマンが撮《と》ったんだね?」

「江崎クン。若手では、ナンバー・ワンらしいわ」

「彼は君に惚《ほ》れているらしい」

「なぜ?」

「プールで、おれを殴ろうとしたからね。彼は、君のためにナイトぶりを披露しようとしたんだ。それに、この写真にはモデルに対する愛情が感じられる」

「ふふ——」

と、奈美子は含み笑いをした。照れ臭そうでもあり、得意でもあった。

「気になる?」

と、彼女はきいた。これは女の好きな言葉だ。たいていの女が同じ言葉を口にする。

早川は、「少しはね」といってから、改めて、奈美子に眼を向けた。

美人だし、スタイルもいい。ミニスカートから形のいい足が伸びている。頭だって悪いとは思えない。そして何よりも五味大造の一人娘だ。

(この女と結婚するのが、いちばん手っとり早いかもしれない)

とも思う。

早川は彼女を手に入れる自信もあった。それに、人生の勝者になるためには、どんな手段も許されるとも考えていた。

だが、その手っとり早い方法にすすむのをためらわせる何かが、早川の心にあった。それは、ある意味で若者の潔癖さといっていいだろう。彼は戦いに勝って勝者になりたかった。奈美子と結婚すれば、あとは自動的に五味大造の後を継げるかもしれない。だが、それでは、戦いに勝ったことにはならないのではないか。

それに、有力者の娘と結婚して出世を考える若者の事例が多すぎることも、早川をためらわせる理由の一つだった。あまりにも典型的すぎて嫌になるのだ。それに、陽の当たる場所に出るために、金持ちの娘と結婚するのは、ある意味で戦いの放棄ではないのかとも思う。結婚して出世したとしても、それはただ幸運だったにすぎないだろう。

「何を考えてるの？」

奈美子に、のぞき込むように見られて、早川は現実に引き戻された。

「君が処女かどうか考えていたんだ」

と、早川は笑いながらいった。

5

早川は六日間待った。その間、奈美子から何の連絡もなかった。彼女が果たして父親に話をしてくれる気を、持ちつづけているかどうかもわからなかった。

早川は、何度か彼女に連絡をとりたいと思ったが、そのたびに、その気持ちを押えつけた。焦《あせ》っていると思われるのは嫌だったからである。相手は巨大なのだ。今から軽く見られては、勝つことなどとうていおぼつかない。

早川はその間、二日間だけアルバイトで働き、あとの日は焦燥をまぎらわせるために、近くのプールに通った。

六日目の夕方、やっと奈美子からアパートに電話が掛かった。

早川が受話器を取ると、いきなり彼女の声が、「七時にS飯店にいらっしゃい」と、命令する調子でいった。

「S飯店?」

「新橋駅から歩いて五分よ。そこで今夜、パパと食事するの。遅れたら、もうチャンスはないと思いなさい」

それだけいうと、奈美子は、早川の返事を待たずに、さっさと電話を切ってしまった。

早川は苦笑して受話器を置き、腕時計に眼をやった。五時半になったばかりだった。まだ時間は十分にある。彼は自分の部屋に戻ると、扇風機をつけ、畳に寝転んで天井に眼をやった。

（とにかく、五味大造に会うところまで漕《こ》ぎつけたな）

と思う。今日会ったら、大造に強い印象を与えなければならない。そうしなければ、次に会うチャンスはつかめないだろう。

奈美子に使ったような芝居は、やる気がなかった。相手は五味大造なのだ。下手な芝居に欺《だま》されるとは思わなかったし、逆に失笑を買うおそれがある。怒りを買うのなら光栄だが、嘲笑《ちょうしょう》されるのは我慢がならない。

今日に備えて、いろいろと準備はしてきたつもりだった。五味大造について書かれた記事は、出来る限り集めて何度も読み返した。だが、大造のすべてがわかったとは、とうてい思えなかったし、現実に彼に会ったとき、今までに掻《か》き集めた知識がどれだけ役に立つか、早川自身にも判断がつかなかった。

早川は支度をして外に出ると、途中の赤電話から、週刊誌「サン・プリズム」に電

話をかけた。サン・プリズムは、ある出版社でやっている週刊誌で、五味大造とは関係がない。編集部が出ると、早川は、

「あなたのところで、『現代のドン・キホーテ』という特集を、やって、ますね。あれを面白く拝見しています」

「それはどうも」

と、相手は、ぼんやりした声でいった。同じような電話を何度も貰《もら》っていて、たいして感激もない様子が読みとれる。

「それで、新しい現代のドン・キホーテを紹介したいのですがね」

と、早川はいった。

「一人の男が、『マスコミの帝王』といわれる五味大造に、挑戦状を叩きつけようとしているんです。なかなか面白い男ですよ」

「ほう」

相手のぼんやりしていた声に、いくらか真剣味が加わったのがわかった。早川は押しかぶせるように、

「今晩七時に、新橋のS飯店に来てご覧なさい。五味大造と、そのドン・キホーテのやりとりが見られますよ」

「その男の名前は？」

「早川吾郎」

それだけいって、早川は電話を切った。

Ｓ飯店には、十分ばかり前に着いたが、早川は、すぐには中に入らず、七時ジャストまでブラブラと時間を潰《つぶ》した。五味大造が時間にうるさく、時間厳守《パンクチュアル》が口癖だと、雑誌で読んだことがあるからである。もちろん、逆手をとって、思いきりルーズに振舞うのも、相手に強い印象を与えられるだろうが、危険も大きい。最初の出会いは危険を避けたかった。

七時きっかりに店に入った。

広い店内に、ゆったりとした間隔でテーブルが並んでいる。客は五分ぐらい入っていた。チャイナドレスのウエイトレスがゆっくりと歩いている。

奥のテーブルで奈美子が手をあげた。早川はなるべくゆっくり、そのテーブルに近づいて行った。

五味大造は写真やテレビで見るよりも老《ふ》けて見えた。やや猫背の姿勢で箸《はし》を動かしていたのが、顔を上げて早川を見た。

「パパ。こちらが早川吾郎さん」

と、奈美子が横から紹介した。

「早川です」

といってから、彼は周囲を素早く見廻した。「サン・プリズム」の記者が来ているかどうか知りたかったのだが、それらしい顔は見えなかった。

「まあ、座りなさい」

五味大造が落ち着いた声でいった。早川が腰を下ろすと、大造はまた箸を動かしはじめた。

「お嬢さんから、僕のことで何かお聞きですか?」

早川は奈美子の顔をちらッと見てから、大造にきいた。彼女は、素知らぬ顔で食事をしている。

「いや」

と、大造はくびを横にふった。

「ボーイ・フレンドの一人を紹介すると聞かされただけだよ」

「僕はあなたに喧嘩を売りに来たんです」

「ほう」

「喧嘩を売るなら、いちばん強くて力のある人間がいい。だから、僕は、あなたに決めたんです。情報社会の現代で、あなた方はマスコミを支配している。現代の実力者です。だから、あなたと戦いたい、と思った。今日は、それをいいたくてお会いしたんです」

「ほう」

「頭がおかしいと思いますか？」

「いや。元気のいい若者だと思うよ。だが、いっていることがよくわからんな。私と喧嘩して何の得があるのかね？」

「あなたを叩きのめして、僕がマスコミを支配したいだけです。あなたに勝ちたいのです。いわば今日は、宣戦を布告しに来たんです」

「つまり、正々堂々と戦いたいというわけかね？」

大造は箸を置き、ハンカチを取り出して口の辺りを拭《ぬぐ》った。口元に笑いが漂っている。まだ、早川の言葉を本気には受け取ってない表情だった。

「そうはいいません」

と、早川はまっすぐに大造を見つめた。

「あなたに勝つためなら、どんな卑劣な手段でも取るつもりでいます。今、あなたは巨人で、僕は小さな虫ケラにしかすぎない。対等に戦えるはずがない。卑劣な手段も、虫ケラには許される戦術だと思っています。それにあなただって、マスコミの世界に飛び込んで、今日の地位を得るまでには、かなり悪どいこともやって来られたはずです。S新報の前身のT新聞の頃、あなたが社員を煽動《せんどう》して、当時の社長を追い出したことは有名ですよ。僕は、それをちっとも悪いとは思わない。この社会には勝者と敗者しかいないのですから」

「演説は、もう終わりかね」

大造は、不機嫌な顔になっていった。

6

「怒りましたね」

早川は、微笑した。

「怒っていただかないと、僕のほうも張り合いがありません。喧嘩をしにきたんですから」

「迷惑だな」

「あはは……」

「何がおかしい？」

「今、あなたの書かれた自伝のことを思い出したんです、確かその中で、こんなことを書かれています。あなたは二十三歳のとき、友人とたった三人で、手刷りの新聞を発行し、当時の大新聞に挑戦した。そのとき、その大新聞の幹部があなたを呼びつけて、迷惑だから、詰まらないことはやめろといったと、今のあなたと同じことをいったわけですね」

くすくすと奈美子が笑い出した。大造はむッとした顔で、早川を睨《にら》んだ。が、怒るのも大人気《おとなげ》ないと感じたとみえて、苦笑の表情になった。

「私のしてきたことを、真似しようというのかね？」

「できればです」

「君はマスコミに関係しているのかね？」

「いいえ。既成のマスコミには何の関係もありません。だから、マスコミの帝王といわれるあなたも怖くない。遠慮なく戦うことができるというわけです」

「空手《からて》で、わたしと戦おうというのかね？」

「全くの空手《からて》というわけじゃありません」

早川は、持ってきた雑誌の一冊を大造の前に差し出した。雑誌といっても、四十八頁の薄っぺらなものだった。早川が貯めた五十万円の金を投じて、今日のために作った個人誌である。

「あなたのところで出している週刊誌『毎朝ジャーナル』に対抗する気で作ったものです。名前は『早川ジャーナル』。——ごらんのように、写真を主体とした週刊誌です。今の流行に便乗する気はありませんが、今の若者は、映像のほうを活字より信用しますからね。ああ、それと、あなたに敬意を表して、創刊号は五味大造特集になっています。五味大造の真実というわけです」

大造は、ちらッと見ただけで、手に取ろうとしなかった。代わりに、奈美子が、

「なかなか面白そうじゃないの」と、笑いながら手を出した。

「それを私に買えというのかね？」

大造が乾いた声できいた。早川はにやっと笑って、

「一冊だけなら、お売りしてもいいですよ。しかし一般の人にも読んでもらわなきゃならないので、二冊以上は遠慮していただきます」

「販売網にものらん雑誌を、どうやって売るつもりなんだね？」

「あなたが、昔、やったのと同じ方法がありますよ。あなたは、手刷りの新聞が妨害で売りにくくなると、街頭に立って、通行人に買ってもらったそうじゃありませんか。

僕も同じ方法をとるつもりです」

「くだらん」

大造が、吐き棄てるように呟《つぶや》いて立ち上がったとき、いきなり、ピカッとフラッシュが光った。

「誰だ？」

と、大造が怒鳴った。いつの間にか、男が二人、テーブルの横に来ていた。片方がカメラを構えている。

「週刊サン・プリズムの者です」

と、片方が、大造と早川の顔を等分に見比べるようにしていった。やっと来てくれたかと、早川は思わず、にやっとしたが、大造のほうは不機嫌に、

「それがどうかしたのかね？」

と、二人を睨んだ。

「私を誰か知っているのか？」

「五味大造さんでしょう。今、なかなか面白い話を聞かせていただいたんで、その続きを聞かせていただきたいと思うんですが」

「いうことはないね」

大造は、そっけなくいって、さっさと出口に向かって歩き出した。二人の記者は、肩をすくめて苦笑し合っている。奈美子は、「面白かったわ」と、早川に小声でいってから、父親のあとを追って出て行った。

サン・プリズムの記者たちは、「さて」というように、早川の前に腰を下ろした。

「あんたの狙《ねら》いはいったい何だい？」

中年の記者が、ボールペンをクルクル廻しながら、早川にきいた。早川は煙草を取り出して火をつけた。

「狙いって、僕と五味大造の話は聞いたんでしょう？」

「ああ。途中からだがね。面白い話だった。だが、あんたが本気で五味大造と喧嘩をする気には見えない。だから、本当の狙いを知りたいんだ」

「何故、そんなことを聞くんです？」

「あんたには悪いが、無名のあんたと五味大造とでは、月とスッポンだ。喧嘩にならない。あんたにだって、そのくらいのことはわかっているはずだ。とすれば、狙いは他にあると考えるのが当然じゃないかな。例えばハッタリをかませて、五味大造に自分を売り込むとかだよ。ああいう大物になると、生半可《なまはんか》な売り込み方じゃのって来ない。逆手をとるのも一つの方法だ。その点で、今日のあんたはなかなかいい線いっていると思ったんだがね。とにかく、五味大造に強い印象を与えたことだけは確かだからね」

「失望だな」

早川は二人に向かって、溜息《ためいき》をついて見せた。

「サン・プリズムというのは、もっと気骨のある雑誌だと思っていたんだが、買いかぶりだったらしい」

「何のことだ？」

若いカメラマンのほうが、気色《けしき》ばんで声を大きくした。早川は、その顔をぐいと見返して、

「今の五味大造に歯が立たないことぐらい、僕にだってわかっているさ。だからといって変な勘ぐりはやめてもらいたいんだ。五味大造に取り入るつもりなら、こんな行動はとらないよ。彼の娘を手に入れればいいんだからね。僕は五味大造と喧嘩するつもりなんだ」

「喧嘩して勝てると思うのかね？」

「それはやってみなきゃわからない。だが、僕はやるつもりだ」

「よし。君の言葉を信じよう」

中年の記者が、早川に向かって、肯《うなず》いて見せた。本当に信じたのかどうか、その表情からだけでは早川にはわからなかった。恐らくまだ疑いは持っているに違いない。信じるといったのは、早川という男が記事として使えると思っただけのことだろう。

「それで、五味大造とはどうやって戦うつもりだね？」

「まず、これを配るつもりだ」

早川は、もう一冊用意してきた雑誌を、二人の前に置いた。

「一般の本屋が扱ってくれるはずがないから、自分の手で配って廻るつもりでいる」

「それから？」

「そのあとは、あらゆる手を使うさ。今日、彼にどんな卑劣な手段でも取るつもりだと宣言しておいた。二人の間に、これほどハンディキャップがあるんだから、僕のほうは卑劣な手段も許されるはずだと思っているからね」

「ゲリラで行こうというわけだね」

相手は、ちょっと茶化すようないい方をした。

早川は、「まあね」と、小さく笑った。カメラマンが、早川に向かって、フラッシュを焚《た》いた。

「ところで、何故、五味大造に喧嘩を売る気になったんだね？」

相手は手帳を出して、時々メモを取りながらきいた。

「僕はこの世の中には、勝者と敗者しかないと思っている。支配する者と支配される者といってもいい。民主主義で、自由で平等なんていうが嘘っぱちだ。だいぶ前に白鳥を殺して食べた若者がいて、自由の履き違いだと非難されたけど、僕はそうは思わなかった。もし彼が大金持ちで、自分の邸に広大な池を持ち、白鳥を飼うことができたら、その白鳥を殺して食べても、誰も文句はいわないはずだ。だから、金のないその若者には、白鳥を殺して食べる自由がなかっただけのことにすぎない。自由の履き違いかどうかというより、力の問題なんだ」

「なかなか面白い意見だね」

中年の記者は微笑した。が、口元にかすかに皮肉な表情が浮かんでいるところを見ると、面白いが同時に、青臭い考えだと思っていることも確かなようだった。早川は構わずに喋りつづけた。

「だから、勝者にならなければ嘘だと思った。力のある人間にならなければね。今の社会でいちばん力のある人間は誰だろうかと考えた。今は情報社会だ。それならマスコミを支配している人間だと思った」

「それで、五味大造に喧嘩を売ったというわけか？」

「そうだ」

「今の社会で勝者になるよりも、社会そのものを変革しようとは考えないのかね?」

若いカメラマンが口を挟んだ。早川は肩をすくめた。

「どんな新しい社会がきたところで、勝者と敗者がいることには変わりはないと思っている。それに今の社会は、資本の論理と権力の論理が絡み合っている。つまり、金があれば力に対抗できるんだ。戦いやすいんだ。だが、共産主義の社会になれば、権力の論理だけが支配する。勝者になるためには、もっと苛酷《かこく》な戦いをしなければならない」

「君自身は金を持っているのかね?」

「いや」

「じゃあ、戦うための武器は何も持っていないということだね」

「ただ若さがある。それに、勝つためならどんなことでもできる神経も持っている。この二つが僕の武器だ。それに反して、五味大造は権力も金も持っている。だが、若さがない。それに、あの地位ではあまりハレンチな行動もとれないだろうからね。僕の持っている武器は、二つとも向こうにはないんだ」

「次の号に、あんたの記事を載せるよ」

と、中年の記者はペンを置いて、早川にいった。

「現代のドン・キホーテ、マスコミの帝王に宣戦布告。悪くない見出しだろう？」

「サン・プリズムの発行部数はどのくらい？」

「約四十万部というところだね」

「悪くない。少なくとも四十万人の人間が、僕のことを読んでくれる計算になるからね。その中に、五味大造も入っていてくれれば、なおありがたいんだが」

「問題は、そのあとのことじゃないかな」

中年記者は、したり顔でいった。

「これまでに、四人の現代版ドン・キホーテを扱って来たんだがね。中には、風邪がピタリと治る特効薬を発明する、と張り切っている菓子屋の主人なんかもいるんだが、問題は、ドン・キホーテのままで終わってしまうかどうか、ということだと思うんだ。ドン・キホーテというのは、第三者の見方で、あんただって、本気で、五味大造に勝つ気でいるんだろう？」

「もちろん、勝つ気でいる」

「今いった菓子屋の主人だって本気で、風邪の特効薬を作る気でいるんだな。今はドン・キホーテだが、もし作り出したら英雄だ。あんただって、本当に五味大造を叩きのめしたら英雄だが。ぜひそうなって、今度は英雄特集をやらせてもらいたいね」

「もちろん、そのうちに、やってもらうつもりでいますよ」

と、早川は不敵に笑って見せた。

7

五日後に店頭に出た「サン・プリズム」には、「現代版ドン・キホーテ第五回」として、早川のことが、写真入りで載った。

早川は、その記事にだいたい満足した。扱いが見開きで、二頁にわたる大きさだったことと、四十万部という発行部数のせいか、かなり大きな反響があったことである。

若い年代の読者から、十通近い手紙が、出版社経由で早川の手元に届けられたが、売名行為と決めつけているのは二通だけで、あとは、手紙の中で、今のマスコミが少数者に独占されていることに不満を述べ、

「あなたの行動に拍手したい」

と結んであった。

こうした反響も早川の予想したとおりだった。若者たちはみな、不満を持っている。

彼らは、社会の先頭に立ち、情報機構を牛耳《ぎゅうじ》りたいと願っているはずだ。

テレビで、視聴者参加番組が大もてなのが、その一つの証拠だろう。だが、あんなものは誤魔化しにしかすぎない。多くがやらせで、自分も、参加しているような幻想を抱かせるだけのことだ。

若者たちは、彼らの手の届かないところですべてが操作されているという不満と、焦燥にかられているはずだと、早川は読んでいた。集まった手紙は、早川のそうした読みの正しさを裏書きしてくれたことになる。この手紙の背後には、もっと多くの、何万という不満を持った若者たちがいるはずだ。彼らも早川の武器になってくれるだろう。

早川はまず、材木店で大きな板を買ってくると、それに「早川ジャーナル編集部」と墨で書いて、アパートの入口にぶら下げた。

「青葉荘」というアパートの看板より大きいというので、管理人は文句をいったが、部屋代を、一万円余計に払うというと、黙ってしまった。

次の日から、早川は、「早川ジャーナル創刊号」を、街頭で売るために出かけることにした。「サン・プリズム」の記事の印象が残っているうちに、自分を宣伝する必要があったからである。

渋谷駅前に出ると、雑沓《ざっとう》の中に、詩集売りの若い女が、ひっそりと佇《たたず》んでいるのが眼に入った。買う者はほとんどいない。早川には、彼女が、何故、黙りこくって立っているのか不思議だった。彼女は、自己主張の欲望があるからこそ、詩を書き、街頭に立っているのだろう。それなら大声で叫ぶべきではないか。詩を朗読してもいい。とにかく叫ぶべきだ。今は沈黙は美徳ではないのだ。

早川は、ハチ公の前に風呂敷に包んできた「早川ジャーナル」を積み上げ、持ってきたメガホンを口に当て、まわりの群衆に向かって叫んだ。

「皆さん。とくに、若い人たちに申し上げたい。あなた方はみんな、現状に不満を持っているはずだ。今は情報社会といわれ、若者こそ主人公だとおだてられているが、実際には何の力も与えられていない。マスコミは、ひと握りの権力者の手に握られています。われわれは彼らに踊らされているのです。例えばS新報社長であり、テレビ局の会長でもある五味大造は、マスコミの帝王などと呼ばれています。つまり、われわれは彼から見れば、哀れな奴隷《どれい》というわけです。こんなことでいいのか。私は、マスコミをわれわれの手に取り戻すために、五味大造に喧嘩を売ることにしました。そのことは四日前に出た週刊サン・プリズムに出ています」

早川は「サン・プリズム」のその頁を開いて、頭上にかざした。

立ち止まって、彼のほうを見る人もいれば、無関心に歩き去ってしまう人もいる、早川は一段と声を張り上げた。

「この記事では、私のことを、現代のドン・キホーテと書いています。これは少しおかしい。独裁者と戦うことは、若者の使命のはずです。それが何故、ドン・キホーテ的な行動なのか。そこに、今のマスコミ界の古めかしい封建性があると思うのです。一見、現代の先頭を走りつづけているように見えながら、帝王である五味大造には絶対の権力を与え、それに抵抗する人間をドン・キホーテ扱いしようとするのです。私には、それが我慢がならない。だから、徹底的に戦うつもりです。戦って、マスコミを本当にわれわれのものにする気でいるのです。もし少しでも私の考えに賛成してくださる方がいたら、この雑誌を買ってください。一部百円です。たった百円で、本当のジャーナリズムはどんなものかわかります。この雑誌には、今のマスコミでタブーとされていることも、明快に書いてあります」

買ってくれる人は現われない。みんな遠巻きに眺めているだけだった。

早川は、構わずに、最初からもう一度繰り返した。

「私は早川吾郎です。皆さん。とくに若い人たちに申し上げたい――」

警官が来て、追い払われると、早川は、東急文化会館のほうに廻って、そこで同じことを繰り返した。

一日、叫びつづけたが、雑誌は二冊しか売れなかった。

翌日も、渋谷に出かけた。今度は一冊しか売れなかった。

三日目、デパートの屋上でやっていると、人垣の中から、奈美子が近づいてきた。写真家の江崎も一緒だった。江崎は、皮肉な眼で早川を見ている。

奈美子は手をかざすようにして夏の陽差しをさえぎりながら、

「あとで、下の喫茶店にいらっしゃい」

といった。相変わらず命令するような口調だった。

早川は、そのあと三十分ほど喋りつづけてから、地階にある喫茶店におりて行った。雑誌は一冊しか売れなかった。だが、何人かの人間に、早川吾郎という名前を覚えさせることができたろうと考えた。

冷房の利いた喫茶店に入ると、夏の陽の下に長い時間いたせいか、ひどく冷たい感じがした。

奈美子は、早川が腰を下ろすと、

「あんなことを、いつまで続けるつもりなの？」

と、乾いた声できいた。横にいた江崎が皮肉な調子で、

「あれは、まるでバナナの叩き売りだな」

といった。

「そうは思わないけど」

と、奈美子は軽く肩をすくめて、

「でも、あんなことをいくらやっても、パパは、ビクともしないわよ」

「わかっている」

早川は、奈美子の顔だけを見ていった。

「だが、まだ、宣戦を布告してから一週間しかたっていないんだ。ゆっくりやるつもりでいる。それに、ああいうのも、案外効果があると思っている」

「そうかしら？」

「今は、誰もが自分の意見を発表したいと思っている。——街頭で、若者たちがやるパフォーマンスも、その表われだろうし、自分たちのミニコミ雑誌をやるのもそれだと思うよ。だが、大多数の若者たちには、その舞台がないんだ。——不満が鬱積《うっせき》しているはずなんだ。だから、上手《うま》く火をつければ、一斉に立ち上がるだろう。それを切り札にすることもできる」

「無理だろうね」

横から、江崎が、断定するようないい方をした。

早川は、江崎の顔を見た。若い写真家の眼に、嫉妬の色が浮かんでいる。早川は、小さく笑った。

「無理かどうかはやってみなければわからないよ」

と、笑ったままいった。

「次に何をやるつもりなの？」

奈美子がきく。早川は煙草をくわえた。火をつけてから、

「正直にいって、次に何をするか、おれ自身にもわからないんだ。相手が五味大造では、予定なんか立てられないからね。それに、勝つためにはどんな卑劣な手段もとるといってあるんだ。そのときに思いついたことを相手にぶつけるかもしれない」

「ますます無理な感じだ。場当たりで勝てる相手じゃない。どうも君の目的は、人気取りのような気がして仕方がないな。人気取りでなければ、彼女の気を引くことはないじゃないか」

江崎が奈美子の顔をちらりと見た。

彼女は面白そうに、江崎と早川を等分に見比べた。

「本当の目的は、私なの？」

奈美子がきいた。

「いや」

と、早川は、くびを横にふった。

「おれの目的は、あくまで五味大造に勝つことだ。その目的のために、彼の娘である君を利用することだってあるかもしれない」

「卑劣じゃないか。そんなやり方は」

江崎が、顔をしかめて早川を睨んだ。早川は肩をすくめて、

「どんな卑劣な手段でもとるといってあるはずだよ。それに、君だって彼女を自分の仕事に利用しているじゃないか」

「それとこれは意味が違う」

「私を利用したって構わないわよ」

奈美子はゆったりと笑った。

「私を誘拐して、パパを脅《おど》かすのも面白いんじゃないの」

「それも悪くないね」

早川は、固い声でいった。

「だがおれは、そんなことはしないつもりだ」

「どんな卑劣な手段でもとるんじゃなかったの？」

「ああ。だが、本当の意味で五味大造に勝ちたいんだ」

早川は、自分の言葉に矛盾を感じていた。彼は心の中で、どんな手段をとってでも、五味大造に勝ちたいと考えている。だが、一方で、奈美子を傷つけたくないという気持ちも、少しずつ芽生《めば》えはじめていた。

（危険だな）

と早川は、自分にいい聞かせて、椅子から立ち上がった。

「失礼する。これからやらなきゃならないことがあるんでね」

早川は、奈美子の顔を見ないようにしていった。

明日からはもっと激しく戦わなければならない。

第三章　一枚の写真

1

五味大造にとって、人生は戦いの連続だった。若いとき、大造は、さまざまなもののために戦った。あるときは、家族を養うためであり、あるときは、名声を得るためであり、あるときは、金のためであった。

そして、功成り名をとげたときは、戦いが終わり、安楽な生活が始まるものと漠然と考えていた。

だが、「マスコミの帝王」といわれる地位についた今になって、大造は、自分の考えが間違っていたことに気がついた。今も、彼にとっての戦いは続いていたし、絶えず、新しい敵や、新しい障害が彼の眼の前にあらわれた。安楽な生活が欲しければ、マスコミの帝王の地位を退《しりぞ》くより仕方がない。海か山の別荘に引き籠《こ》もり、晴耕雨読《せいこううどく》の生活に入れば、それは得られるだろうが、長い戦いの連続の生活をしてきた大造は、いつの間にか、それが彼にとってノーマルな環境になってしまい、引退を考える気にはなれなかった。恐らく、やむを得ない事情が出来て、第一線を退くことにでもなったら、大造は、どう生きてよいか戸惑ってしまうことだろう。

それでも、大造は、時折り、「そろそろ第一線を退きたいものだ」と、本気とも冗談ともつかぬ口調でいうことがある。これは、大造にとって、口癖のようなもので、聞き手のほうが、「あなたのような若さで、そんなことをいわれては困ります」というと、満足そうに笑うのが常だった。また、「そろそろ第一線を――」という言葉は大造にとって相手の反応を試す一つの手段にもなっていた。もちろん、返ってくる答えは、決まっていた、引退しなさいという者はいないが、それでも、答える際に見せる相手の微妙な反応の違いから、その人間の自分に対する気持ちを読み取ることが出来た。

もう一つ、大造が現役にとどまる理由として強烈な自負があった。

S新報、Sテレビなどの巨大なマスコミ機構を統率していけるのは、自分だけだという自負である。もちろん、この自負の中には、S新報も、Sテレビも自分が作りあげたものだという愛着心も働いていた。

戦うことはいくらでもあり、障害は後から後から生まれて来た。それは、大造の作り上げたマスコミ機構の大きさと複雑さを示しているものでもあった。

例えば、S新報は、一時、五大紙の中で発行部数一位を誇ったが、他紙に追いつかれ、現在は、三位に落ちている。Sテレビの営業成績にも、必ずしも大造は満足していなかった。

そんなとき、大造は、自ら陣頭に立って指揮に当たらなければ気がすまない。さまざまなアイデアを出して、それを実行させたりもする。S新報が、週一回読者の写真を掲載し、月間賞としてその中からもっともニュース性の高かったものに、百万円の賞金を与えるというのも、大造のアイデアだった。五味賞という名称にも、それが現われていた。この案は一億総評論家時代を反映してか、意外にいい写真が集まり、成功だった。対抗紙の新聞が同じ案を採用したことにも、それが証明されている。この成功は、大造を喜ばせた。月間賞百万円のほかに、社長賞として、新品の高級カメラを贈呈することを急に決めたのも、その嬉《うれ》しさのあらわれであった。

2

月間賞の授賞式は、翌月の五日に会議室で行なわれる。

その日、会議室は、社長の大造が姿を現わすと、緊張した空気になった。文字どおりワンマン的な存在の大造は、局長クラスでも遠慮会釈なく怒鳴りつける。緊張はそのせいである。

「今度の月間賞は、今までの中でいちばん迫力がある写真です」

社会部のデスクが、幾らかゴマをするような調子で大造にいった。

「私も見た。いい写真だ」

と、大造は肯《うなず》いた。

確かにいい写真だった。火事現場の写真で、燃える家から走り出してくる人間が写っていた。それだけでも迫力があったが、それ以上にニュース価値があったのは、この火事が結果的には予想以上の大火になり、死者七人を出す惨事になったことである。大火になってからの写真は、どの新聞にも載ったが、火事が発生した直後の写真は、この読者からの投稿写真しかなかったからである。

「うちの週刊誌で、あの大火を扱ったときも、この写真を使わせてもらいました」

と、「毎朝ジャーナル」の編集長が横からいった。

「だから、読者は大切にしなきゃいかん」

大造は、部下たちの顔を見廻して、教訓でも垂れるようにいった。

「われわれが読者を大切にすれば、読者もわれわれを大切にしてくれるし、進んでニュースを提供してくれるものだ」

「確かにそうですよ。この写真では、ずいぶん、他社の記者連中に羨《うらや》ましがられました」

社会部のデスクが笑っていったとき、月間賞の受賞者と、佳作二名の受賞者が会議室に案内されてきた。

月間賞の受賞者は、若い青年だった。

大造はその顔に見覚えのあるような気がして、名簿に眼をやった。

〈早川吾郎〉と、書いてある。

「早川吾郎か――」と、口に出していってから、娘の奈美子に、新橋のS飯店で紹介された青年だったのを思い出した。

（あのとき、ひどく勇ましいことをいっていたな）

記憶がだんだんよみがえってくる。「週刊サン・プリズム」の記者に、詰まらない写真を撮られたことも思い出した。逆にいえば、今まで忘れていたことの中に、早川吾郎という青年を、歯牙《しが》にもかけていなかったことを示していた。

授賞式が型どおり行なわれたあと、社長の大造と受賞者の座談が始まった。これも大造のアイデアである。

「確か君とは、S飯店で会ったね」

と、大造はくつろいだ調子で、早川吾郎にいった。

「ええ」

と、早川は肯いた。

「あのとき、私と戦うとかいっていたが、うちの社に写真を送ってくれたところをみると、気が変わったらしいな」

「まともに戦うには、あなたは大きすぎます」

早川は小さく笑った。

「いい心掛けだ」

と、大造は満足気にいった。自分に反抗的だった若者が、こちらの偉大さに協力的な態度をとるのは嬉しいことだった。それだけ大造が老境に入ったことでもあるのだろうが、もちろん、大造自身は自分が老いたとは思っていなかった。

「これからも、うちの新聞には協力してもらいたいね」

大造がいった。

「いいですよ」

と、早川はいった。

「ところで、あの写真はずいぶん苦労しました」

「そうだろうね」

「まともに撮ったんでは、あんな写真は撮れません」

早川は、そのときの苦心を思い出すかのように、天井を見上げて小さく溜息をついた。

大造は大袈裟《おおげさ》な男だなと思ったが、月間賞を貰って興奮しているのだろうと考えて、黙っていた。

「こんなに苦心したんですから、百万円じゃ安いくらいですよ」

今度は、早川は勝手なことをいった。大造は苦笑した。

「安いかね」

「安いですよ。ずいぶん無理をした写真なんですから。でも、この百万円は、ずいぶん助かります。その点は、社長さんにお礼を申し上げなきゃなりませんね」

「まあ、そうだね。これからも、ああいう写真を送ってくれたまえ」

「ちょっと無理ですね。僕だって、わが身が可愛いですからねえ。こんな危ないことは、二度とごめんです」

「確かに君も危険だったろうね」

大造は写真に眼をやった。確かにこの写真は、撮影者がそうとう火の傍へ寄らなければ、撮れなかったろう。

「とにかく、いい写真をありがとう」

と、大造はいった。

「話は違うが、君と娘とはどんな関係なのかね?」

「あなたが心配なさるような関係じゃありません」

「私が心配する?」

大造は苦笑した。

「娘には、自分の好きな生き方をしたらいいといってある。だから、娘がどんな青年とつき合おうと、私は干渉する気はないよ」

「しかし、僕のような得体の知れない男と、変な関係になったら、お困りでしょう？」

早川はにやっと笑った。大造の心を見すかしたようないい方に、大造はちょっと腹が立ったが、月間賞授賞式ということもあって、逆に微笑して見せた。

「別に困りはしない。娘がもし、君のことを好きになったら、それはそれでいいと思っている」

大造は笑いながらいったが、自分の言葉に嘘が混じっていることにも気がついていた。正直にいって、娘の奈美子にはそれにふさわしい青年と結婚してほしかった。

それで授賞式は全部終わった。変な具合な終わり方だった。

3

二日後、大造は娘の奈美子に会ったが、そのとき早川吾郎のことを話した。

「百万円の賞金を渡したら、ニコニコしていたよ」

と、大造がいうと、奈美子はそうと、ひどくがっかりしたような表情をした。

「それが本当なら、失望だわ」

「あの男が、本当に私に嚙《か》みつくと思ったのかね？」

大造は笑った。奈美子はマニキュアをした細い指先で、煙草をつまみあげてから、

「S飯店で、パパに紹介したときは、パパに嚙みついていたわ」

「ポーズさ。若者らしい気取りといってもいい。学生がやたらに社会とか権威に嚙みつくのと同じだよ。だが、社会に出ると、途端に物判りがよくなって、エリートになりたがるのと同じだ。今の若者は自分の利益になることには、ひどく敏感だからな。早川という男も私に嚙みつくより、私に取り入ったほうが得策だと考えたんだろう。それに百万円の賞金はあの男には魅力があったんだと思うね」

「がっかりだわ」

「ひどいい方をすれば、百万円ぐらいの金で、どうにでもなる男だということだな」

「そんなふうには見えなかったんだけどな」

奈美子は眉を寄せて、荒っぽく煙草を吸った。彼女が早川吾郎に失望したらしいことに、大造はほっとするものを感じた。

早川というのは、なかなか面白い男のようだが、娘にふさわしい相手とは思っていなかったからである。

「今は、いわば仮装の時代だからな。外面的なものだけで人間を信用しちゃいかん

な」

と、大造は止《とど》めを刺すようないい方をして見せた。

翌日、大造がS新報に顔を出すと、早川吾郎が面会に来ていると告げられた。

4

「早川吾郎が来ている？」

大造は社長の机に腰を下ろして、パイプをもてあそびながら、秘書にきき返した。

「また写真を持って来たのなら、社会部へ廻したらいい」

「それが、ぜひ社長に会いたいといってるのですが」

秘書はやや当惑した表情でいった。

「私に何の用だといってるんだね？」

「それが、重大な用件だというだけで、詳しいことは話そうとしないそうです」

「変な男だな」

大造は小さな咳払《せきばら》いをした。

「まあ、いいだろう。ここに通しなさい」

大造はパイプをくわえて火をつけた。早川吾郎の重大な用件というのが、いったい、何なのか、大造には想像がつかなかったが、たいしたことではあるまいという気がした。娘の知り合いだということ、月間賞を得たことなどで、変に気安い気持ちになって、S新報にでも採用してくれとでもいうのかもしれない、そんなことだったら、手厳しく断わって、世の中が甘くないことを教えてやろうと思った。

早川は口元に微笑を浮かべて、社長室に入って来た。

「私に何か用があるそうだね?」

大造は椅子をすすめて、わざと無表情にいった。

「重大な用だそうだが、私と君との間にそんな用があるとは思えないんだがね。まさか娘の奈美子と結婚したいというんじゃあるまいね?」

「お嬢さんとそれほど親しい関係でないことは、このあいだ申し上げたつもりです」

早川は、微笑した。

「それなら何の用だね?」

「先日頂いた月間賞のことで伺ったのです」

「月間賞? それなら賞金も賞品も、もう渡したはずだよ。もちろん、君がもう一度応募しても構わない。ただ社長の私に直接持って来ても受け取らんよ。あれは情実で決める賞じゃないからね」

「それはわかっています」

「じゃあ、何だね？」

「いいにくいことなんですが――」

「思わせぶりはやめて、はっきりいいたまえ」

「実は月間賞を頂いたあの写真はインチキなんです」

「何だって？」

思わず、大造の声が大きくなった。

「インチキなんです」

早川は妙に落ち着いた顔で、同じ言葉を繰り返した。

「しかし、あの写真は火災現場の――」

「そう火元と思われるビルの写真です」

「それが何故インチキなのかね？」

「実は偶然、一年前にあのビルで火災訓練が行なわれたことがあるんです。その写真が手に入ったものですから、インチキだとは思いながら、お金欲しさに送ったのです。それが運よく月間賞ということになって……」

「本当か？」

「残念ながら本当です。もしお疑いなら、一年前の新聞をご覧になってください。お宅のS新報には載っていませんが、対抗紙のY新聞にはちゃんと載っていますよ。そっくり同じ写真が……」

「――――」

「信じないんですか？」

「いや。ただ君が何故、今になってそれをいいに来たかを考えていたんだ。良心が咎《とが》めて、賞金を返しに来たのでもなさそうだな」

「その逆です」

「逆？」

「社長賞まで出した写真が、インチキで、おまけに対抗紙の写真だったということになると、問題じゃありませんか。僕がそれを世間に発表すれば、S新報はいい笑いものになりますよ。一種のやらせみたいなものですからね。当然、社長であるあなたも笑いものに……」

「脅迫か？」

大造の顔が赤くなった。強い眼で早川を睨んだ。

「最初からそのつもりで応募したのか？」

「あらゆる手段を使って、あなたと戦うとS飯店で宣告したはずですよ」

早川はゆっくりといい、ポケットから煙草を取り出して火をつけた。

「あの写真は、お宅の週刊誌にも使っていましたね。それがインチキだったとなると、大新聞の名前に傷がつきませんか？」

「卑劣な男だ」

「それもあらかじめお断わりしてあったはずですが……」

「いくら欲しいんだ？」

「いくらとはいえません」

「いくらと要求すれば、恐喝で捕まるのを用心しているのか？」

「そうじゃありません。昨日、いろいろと計算してみたんですが、いくらかかるかわからないのです」

「いったい、何をいっているのかね？」

「僕が『早川ジャーナル』という個人誌を出しているのはご存知ですね。一冊差しあげましたね。あれを週刊誌にしたいのです。もちろん、活版印刷で。その資金をあなたに出していただきたいのです。週刊誌を持てば、僕もマスコミの一角に喰い込んだことになりますからね」

「週刊誌を出すのが、どれだけ金のかかることかわかっているのか？」

「わからないから、金額をいえないと申し上げているんです。やっていただけますね？」

「仕方がない」といってから、大造は急にあはは……と、大きな声で笑った。

「そういえば、君は大喜びだろうが、世の中はそれほど甘くはないぞ」

「そうですか……」

早川はきょとんとした顔になっている。大造はまた笑い声を立てた。

「君は私を上手《うま》く脅《おど》したつもりだろうが、私はびくともせんのだ、君には悪いがね。確かにあの写真がインチキということになれば、わが社の名誉はいくらか傷つくかもしれん。選考委員の眼が甘いと投書ぐらいは来るだろう。だが、それぐらいのことだ。逆に君は、賞金欲しさに盗作写真を送ったことで厳しく非難されるのだ。君自身が損をするだけだ。公表したければ勝手に公表したまえ。うちの新聞に発表してやってもいいよ」

「いやに強気ですね」

「だから、下手な脅迫はやめることだな。週刊誌を一銭もかけずに出そうなんて夢は、忘れることだ」

「いや、僕はあなたに出していただきますよ」

早川はまっすぐに大造を見、鞄《かばん》の中から小型のテープレコーダーを取り出して、テーブルの上に置いた。

5

「何だね、それは――」

「ご覧のとおりテープレコーダーです。実は、先日の授賞式のとき、僕とあなたとの間の話を録音しておいたのです」

「ほう。だが、それがどうかしたのかね？　私は別に、録音されて悪いようなことは君に話してないつもりだよ」

「果たしてそうでしょうか」

早川はにやっと笑ってから、スイッチを入れた。確かに早川のいうとおり、授賞式の後の座談のときの録音だった。

〈ところで、あの写真はずいぶん苦労しました〉

〈そうだろうね〉

〈まともに撮ったんでは、あんな写真は撮れません。社長もお気づきのように、あれはインチキです。去年新聞に載った写真です。手がうしろに廻るのを覚悟の盗作です。こんなに苦心したんですから、百万円じゃ安いくらいですよ〉

〈安いかね〉

〈安いですよ。ずいぶん無理をした写真なんですから。でもこの百万円は、ずいぶん助かります。その点は、社長さんにお礼を申し上げなきゃなりませんね〉

〈まあ、そうだね。これからも、ああいう写真を送ってくれたまえ〉

〈ちょっと無理ですね。僕だって、わが身が可愛いですからねえ。こんな危ないことは、二度とごめんです〉

〈確かに君も危険だったろうね〉

聞いていた大造の顔色が変わった。

「とめたまえ」

大造が叫んだ、早川はスイッチを切ると、不審そうに大造の顔を見た。

「どうかなさったんですか？」

「インチキだ」

「ええ、あの写真はインチキです」

「写真のことじゃない。このテープがインチキだといってるんだ。デッチ上げのテープだ」

「デッチ上げですって？」

　早川は大造を見て、クスクス笑い出した。小馬鹿にしたような笑い方が、大造の癇《かん》に触った。

「何が可笑《おか》しい？」

「あなたが詰まらないことをいうからですよ。このテープの何処がインチキですか。これはあなたの声ですよ。違いますか？」

「確かに私の声だ」

　大造は、苦虫を嚙みつぶしたような顔で肯いた。

「だが、デッチ上げだ」

「わかりませんねえ。あなたがおっしゃったことは、そのまま録音してある筈《はず》ですよ」

「私の喋ったことは、確かにそうだ。だが、君があのとき喋ったことは違っている。余分なものが加わっている」

「何処にです？」

「あのときは、写真がインチキで盗作だなどとは一言もいわなかったはずだ。それなのにこのテープには、それが入っているじゃないか。後からその部分だけ入れたんだ。そうなんだろう」

「そんなことはありませんよ」

早川はまた、小馬鹿にしたようにクスクス笑った。

「あのとき、僕がいったのに、あなたが気がつかなかっただけです、その証拠にこのテープを調べてご覧になればわかりますが、継ぎ足したりカットしたり、そんな細工した痕《あと》はありません。あのときのままのテープです」

「君は私を上手く罠《わな》にはめたんだ。思い出したぞ。あのとき君は、計算ずくで喋っていたんだ」

大造の顔が、ひどく堅いこわばったものになった。それは自嘲《じちょう》の表情といってもよかった。この五味大造がどうしてあんな詰まらないトリックに引っ掛かってしまったのだろう。

あのとき早川は、「まともに撮ったんでは、あんな写真は撮れません」といってから、言葉を切ってしばらく天井を見上げて小さな溜息をついた。大造はそれを、月間賞を貰って興奮しているのだろうと、善意に解釈したのだが、今になって考えれば、その沈黙の間もテープは廻っていたのだ。恐らく早川はあのとき、時間を測っていたに違いない。写真がインチキだという言葉を、後から入れるだけの時間をである。その後の会話も、今から考えれば訝《おか》しかったのがわかる。

「――僕だって、わが身が可愛いですからねえ。こんな危ないことは、二度とごめんです」

といった早川の言葉にしても、たかが一枚の写真を撮ったことについては、大袈裟《おおげさ》すぎる言葉だ。それをあのときは、同じように善意に解釈して、火事の写真だから危ないといったのだろうと考えたのだが、あれもインチキ写真にふさわしい言葉を、あらかじめ用意しておいて、タイミングよく口にしたのだと気がつく。

「このテープが、公表されると、ちょっと困ったことになるんじゃありませんか？」

早川は、わざとのようにゆっくりといい、煙草を灰皿でもみ消した。

「社長のあなたが、インチキ写真だと知っていて採用したことになりますね。ちょっとしたスキャンダルになるんじゃないですかね？」

「卑劣《ひれつ》な手を使うことは、前もってお断わりしたはずですよ」

「そうだったな」

大造は小さく溜息をついた。こんな若僧にまんまと一杯喰わされたことが、癪《しゃく》に触って仕方がないのだが、同時に、何となく可笑《おか》しいような気もしてくる。爽快《そうかい》とまではいかないが、ジメジメした怒りでないことだけは確かだった。確かにこの男は、前もってどんな卑劣な手段を使ってでも戦うといっている。だから、テープレコーダーの細工自体は卑劣でも、この男にしてみれば正々堂々と戦っているつもりなのだろう。

「週刊サン・プリズムは、僕のその後のドン・キホーテぶりを知りたがっていますから、このテープを喜んで買ってくれると思いますよ。だが、僕は出来ればあなたに買っていただきたいのです」

早川は相変わらず落ち着いた声でいった。大造は、椅子から立ち上がり、部屋の中を歩き廻った。

「テープの値段は、週刊誌の発行ということかね？」

「大新聞のS新報にすれば、簡単なことだと思いますがね」

「いつまで出させるつもりだ？」

「少なくとも今年いっぱい」

と早川はいい、ポケットから手帳を取り出した。

「名称は、さっきも申し上げたように早川ジャーナル。部数は最低五万。個人で週刊誌を出すということで注目を浴びると思いますね。うまくいけば黒字になることも考えられますよ」

「私はまだ、君に週刊誌を出してやるとはいっておらん」

「僕のような人間のスポンサーになるのも、悪くないと思いますがね」

「スポンサーか……」

大造は立ち止まって腕を組んだ。この男はこちらが要求を蹴《け》ったら、間違いなくテープを公表するだろう。それが、自分にとって致命傷になるとは思えなかった。だが、小さくても傷になることは確かだ。マスコミの帝王といわれるようになってから、大造は、どんな小さな傷でも気になるようになっていた。そうした完全主義になったことが、帝王といわれる理由の一つでもあるのだが、大造の弱点になっていることも確かだった。

「いいだろう」

しばらく考えてから、大造は、早川に向かって肯いて見せた。

「今年いっぱい、君の早川ジャーナルを、うちで印刷してやろう。だが、あくまでも今年いっぱいだ」

「ありがとうございます」

早川は、ニッコリ笑ってから、「編集方針は今までどおり、僕に委《まか》せていただきたいですね」と、釘《くぎ》を刺すようないい方をした。

「編集方針？　いったい、どんな編集方針を持っているというんだね？」

大造は早川を睨んだ。早川はけろりとした顔で、大造の眼を見返した。

「現在あるすべてのマスコミに喰いつくことです。もちろんその中にはS新報も入っています。それから、写真を多くして、視覚に訴える週刊誌にします」

「勝手なことをいう奴だ」

「それから、もう一つお願いがあるのです」

「まだ何かあるのか？」

「いよいよ早川ジャーナルが。週刊誌として新発足するわけですから、その記念パーティを開いていただきたいのです」

「記念パーティだって？」

大造は呆《あき》れて、早川の顔を見直してしまった。早川は、「そうです」と笑った。屈託のない顔つきだった。

「S新報の名前で開いてくだされば、マスコミ関係者が大勢集まってくれると思いますから。それに、記念パーティで出す招待状の文案も、もう考えてあります」

早川は二つに折った葉書を大造に見せた。それには、ボールペンでこう書いてあった。

〈爽秋《そうしゅう》の候益々《ますます》御清栄のことと存じます。このたび私どもの友人早川吾郎君が個人週刊誌『早川ジャーナル』を発刊することになりました。個人週刊誌の発刊は初めてのことであり反《アンチ》マスコミを旗印とした本誌の発刊は、停滞《ていたい》気味のマスコミ界に衝撃を与えるものと期待しています。

その記念パーティを開きますので、御多忙とは思いますが、何卒《なにとぞ》お出かけくださいますようお願い致します。

発起人　S新報社長　五味大造〉

「友人早川吾郎だと？」

大造は大きく肩をすくめた。早川は二本目の煙草に火をつけてから、微笑していった。

「強いライバルこそ、最良の友という諺《ことわざ》がありますからね」

第四章　事　件

1

奈美子のところにも招待状が届けられた。

その文面が彼女を驚かせた。というより当惑させたといったほうが正確かもしれない。

招待状の発起人に父がなっていることからして、奈美子には不可解だった。

先日、父に会ったとき、早川吾郎が写真コンテストの僅《わず》かな賞金で喜んでいたと知らされた。あのときの父の口ぶりは、いくらか早川を軽蔑《けいべつ》したようなところがあり、奈美子も、父の話す早川の変身ぶりに失望したのだった。

その父が早川吾郎のために開くパーティの発起人で、しかも、文面で「友人」と書いているのは、いったいどうしたわけだろう。

それにどうやら「早川ジャーナル」を父が後援することになったらしい。

どちらも奈美子には不可解だった。

父は若者は嫌いではない。むしろ好きなほうだろう。奈美子は、父が、

「私は若者が好きだ。彼らには無限の可能性があるからね」

というのを何回か聞いたことがある。

だが、「早川ジャーナル」のような個人雑誌を後援するとなると、話は別だった。

一年半ほど前のことだが、父の大学の後輩たちが、同人雑誌をやりたいから援助してほしいと頼みに来たとき、父は自分が若いとき、熱心な文学青年だったにもかかわらず、ひどくそっけなく断わってしまった。若者を甘やかしたくないからだというのが、そのとき父が口にした理由だった。

その例から考えれば、父が早川を援助するというのはどうも理屈に合わなかった。父らしくなかった。あの写真コンテストのことで父が早川に対して好意を持ったとしても、父が示す好意は、せいぜいS新報の平社員に採用するぐらいのところのはずである。父は若者は好きでも、寛容ではないからだ。

その父が何故、早川を援助する気になったのか、また早川が、どう父を籠絡《ろうらく》したの

か、その辺の事情が知りたくて、父に電話しようと考えたとき、写真家の江崎から電話が掛かってきた。

「君のところへ、妙な招待状が来なかったかい?」

と江崎は、いきなりいった。

「来たわ」

「そのことで君に話したいことがあるんだ」

と江崎は、いった。

2

奈美子は、夕食のあと渋谷の裏通りにある「夜明けの唄」という妙な名前の小さなバーに連れていかれた。

渋谷は洒落《しやれ》た若者の街だが、その一角だけは、戦後すぐの匂いや、たたずまいがそのまま残っている感じだった。小さなバーや飲み屋が、軒《のき》をつらねていた。

「夜明けの唄」も、その中の一つで、七、八人で一杯になってしまう狭い店だった。

汚ない壁には、世界中の有名なミュージシャンの写真がべたべた貼ってあった。

店の主人は売れない作曲家で、彼の作曲した「夜明けの唄」のテープが、かかっている。

客は若者が多かった。アングラ劇団の劇団員とか、売れないミュージシャンとか、学生とかが多いらしく、大声で喋《しゃべ》ったり、じっと黙り込んでいたりする。

「ここへ、よく来るの？」

奈美子は、江崎にきいた。

きれいな写真ばかり撮っている江崎とは、似《に》つかわしくない店に思えたからである。それに、酒を飲みに行くのでも、たいていは銀座のクラブか、ホテルのバーだったからである。

江崎は、答える代わりに、壁にかかっている一枚の写真を指さして、

「あれは、僕が撮ったんだ」

と、照れたような口調でいった。

いつもの女優や、モデルの写真ではなかった。浮浪者の写真だった。六十歳ぐらいの浮浪者が公園の隅でぼんやりと地べたに座っている。遠景では若い男女が抱き合っている。

「いつから、社会派になったの？」

と、奈美子は江崎にきいた。

不精《ぶしょう》ひげを生やした店の主人が、無造作《むぞうさ》に二人の前に水割りを置いた。

「僕自身にも、よくわからないんだ。今のままで行ったほうが、早く有名になれるだろうし、金持ちにもなれるだろうと思う。正直にいって両方とも欲しいよ。しかし、その一方で金にならないああいう写真も撮りたいんだ。ああいう写真を撮っていると、自分が本当に生きているという感じがするんだよ」

江崎は、相変わらず照れたような喋り方だった。

奈美子は、そんな江崎の言葉を聞きながら早川のことを考えていた。早川には、江崎のような反骨はないだろう。あの男は、きっと「おれには、反骨している時間なんかないんだ」というだろう。

「招待状のことで話があるんじゃなかったの？」

奈美子がきくと、江崎は「そうだったね」と肯いた。

「君は、何故、君のお父さんが早川の個人週刊誌を後援するようになったか、そのいきさつを知っているかい？」

「知らない。だから、パパに事情を聞こうと思っているんだけど」

「聞いても、いわないと思うね」

「早川が、君のお父さんを、脅迫したという噂《うわさ》を聞いたんだよ。それが事実なら、お父さんは、喋りたがらないんじゃないかな」

「パパが脅迫されてるの？」

奈美子は、一瞬ポカンとした顔になり、それから急にクスクス笑い出した。あの父が脅迫されているなどということは、奈美子には考えられない。

「おかしい話かな？」

と、江崎は不服そうな表情になって、

「僕は、その噂が本当だと思ってる。あの男なら、自分の利害のために脅迫ぐらいしかねないからね」

「でも、早川吾郎は、最初から手段は選ばないと宣言しているわ」

「だが、脅迫は立派な犯罪だよ。それに、僕はそんなことまでして、のしあがって行こうとは思わないね。意味がないよ」

江崎は、生真面目《きまじめ》な顔で言った。

奈美子は、江崎の言葉を聞きながら、店の中を見廻していた。

「何故？」

痩《や》せた、背の高い老人が、若者に囲まれるようにして入ってきた。年齢は六十七、八歳だろう。眼が、ひどく若々しい感じだった。一緒に来た若者相手に飲み始めたのだが、やや甲高《かんだか》い声がよく聞こえてくる。

フランス語の単語を、やたらに混じえた話し方だが、時々、今から武器を用意しておけとか、殴られる前に殴れ、あるいは、東京を占領すれば革命は可能だよ、といった過激な言葉が飛びだしてくる。

（どこかで見たような顔だわ）

と、奈美子は名前を思い出そうとしてみたが、どうしてもわからなくて、江崎に聞いてみた。

「あれは、田沼哲《たぬまてつ》だよ」

「評論家の？」

「自分ではアジテーターという名前のほうが好きだといっている。若者たちは、今の社会が退屈で閉鎖的だと文句を言っているが、それを、自分で変えようとしない。変に悟りすまして肩をすくめるだけだ。だが、そんな若者でも、優秀なアジテーターがいて、煽《あお》り立てれば、強力な集団に組織できる。だから、自分はそのアジテーターになる、といってる」

「ああ、思い出したわ。『どんな革命が可能か』というのを読んだ記憶があるわ。面白かったけど、生活自体がおびやかされることのない現代じゃ、ちょっとドン・キホーテの感じね」

と奈美子は、いってから、早川を連想した。あの男も、やたらに自分のことをドン・キホーテといっていたが。

「それでも、田沼の考えに賛成の若者もいるんだ。田沼は、一万人の若者を組織できれば革命は可能だと思ってるみたいだ。今のように、情報が発達している社会なら、その伝達機構をおさえてしまえば、可能だといっている」

「ますます、ドン・キホーテ的だわ」

「しかし、田沼の話を聞いていると、それが簡単に出来そうに思えてくるから不思議なんだよ」

江崎がいった時、急に狭い店内が、騒然としてきた。

若い男の怒声が聞こえた。

「やめたまえ！」

と、田沼が甲高い声でいった。

がっしりした身体つきの若い男が、木刀を振りかざして、田沼に殴りかかるのが見えた。

それを制止しようとした客の一人が、木刀で殴られて、床に崩れ折れた。

江崎は、

「危ないから伏せて」

と奈美子に向かってふるえる声でいってから、ポケットから小型カメラを取り出してシャッターを押した。

フラッシュが、続けてうす暗い店内に閃《ひらめ》いた。

その閃光《せんこう》の中で、田沼が顔を血まみれにして、ゆっくりと床に崩れ折れていくのを、奈美子は見た。奈美子は思わず悲鳴をあげ、顔を手で蔽《おお》った。

奈美子には、何が起きたのかわからなかった。わかったのは、田沼が木刀で殴られて倒れたことだけだった。

3

翌日のS新報には、奈美子の気を引く二つの記事が載っていた。

一つは「夜明けの唄」での事件だった。

〈渋谷のバー「夜明けの唄」で、昨夜、評論家の田沼哲さん（65）が、客の一人に木刀で殴られ、頭蓋骨《ずがいこつ》骨折で死亡した。客たちの証言によると、犯人は二十五、六歳の男で、木刀を持って店内に入って来ると、友人と飲んでいた田沼さんにむかって、いきなり何か大声で文句をいい、田沼さんが取り合わずにいると、いきなり木刀で二度、三度と殴りつけたものである。犯人は前から田沼さんに対して含むところがあったらしく、店を出て行く時、「思い知れ」という言葉を残している。犯人はスポーツ刈りで、身長一七五センチぐらい、がっしりした身体つきだったという。

亡くなった田沼さんは、『眠りから覚《さ》めよ、若者たち』『今の日本で、どんな革命が可能か』などの著書がある。一部の若者にとって、教祖的な存在だった〉

読んでいくうちに、奈美子の脳裏に顔を血まみれにして、ずるずると崩れて行った田沼哲の姿が浮かんだ。彼は死んでしまったのか。彼女は死ぬ瞬間の人間を見たことになる。いや、殺される人間である。

もう一つの記事は、早川のパーティの紹介だった。新聞の片隅の数行の小さな扱いだったが、S新報のような大新聞が個人週刊誌の発刊記念パーティのことを紹介するのは異例のことだった。

奈美子は、早川が父を脅迫したらしいという江崎の言葉を思い出したが、早川に対して不快感は感じなかった。早川はどんな手段でもとるつもりだと宣言していたからだが、彼女は脅迫の内容のほうに興味を持った。父のような人間は、どんな脅迫の仕方をしたら譲歩するのだろうか。

もし、脅迫されたことが事実だとしても、父に聞いても答えてくれはしないだろう。自分の弱味をひとに見せるのが嫌いな父だったし、強過ぎるほどの自尊心の持ち主だからである。だから、パーティに出て、それとなく様子を見たほうがいいかもしれない。

パーティは、九月六日にTホールで開かれた。発起人がマスコミの帝王といわれる五味大造の名前になっているせいか、盛大なパーティになった。参加者は五百人を越え、ジャーナリズム、テレビ関係者、映画人、それに政界人と、参加者の層もさまざまだった。

彼らの大部分が早川吾郎が何者なのかわからず、何故、五味大造のような大物が後援者になっているのか不審そうだった。

「早川吾郎というのは、いったい何者です？」

と、聞いて廻っている新聞記者もいた。

奈美子は、そんな周囲の会話を耳にしながら、正面に腰を下ろしている早川を眺めた。

早川はタキシード姿で、主賓らしく胸に大きな白い造花をつけていた。そんな姿のせいか、いつもの早川より老けて見え同時に堂々として見えた。

早川の隣りには父の大造が腰を下ろしていたが、明らかに不快げな顔つきで、横を向いていた。早川が話しかけても、あまり相手にならない。脅迫したという江崎の話は本当なのかもしれないと、奈美子は思った。

社会評論家として著名な水谷《みずたに》の司会でパーティが始まると、江崎がグラスを片手に近づいて来て、「盛会だね」と、奈美子に声をかけた。

「早川の奴、やに得意そうな顔をしてるが、これだけの人間が集まったのは、五味大造の力だということを認識すべきだよ。そうでないと大怪我をするな」

「あなたのいった脅迫は、どうやら本当のようね」

と、奈美子は笑ってから、

「田沼さん、死んだのね」

笑いを消していった。江崎は、「ああ」と肯いてから、急に眼を輝かせて、

「彼が殺される決定的瞬間を写真に撮ったよ」

江崎のその言葉で、奈美子はまた、フラッシュの中に浮かんだ血まみれの田沼の顔を思い出した。

「その写真、どうしたの？」

「どこの新聞社でも欲しがると思うんだ。でも君の顔を立てて、S新報に渡すことにしたよ」

江崎がいったとき、新しい拍手が生まれて、主賓の早川が立ち上がった。

4

早川はゆっくりとマイクの前に立った。顔は紅潮していたが、態度は落ち着いていた。

早川は会場の人たちの顔を見廻してから、

「早川吾郎です」

と、いった。

「ここに来ておられる大部分の方が、僕のことをご存知ないと思います。その証拠に、司会の水谷氏も、僕を紹介するのに戸惑っておられたようです。となると、挨拶《あいさつ》の前に自己紹介が必要になりそうですが、僕の経歴はたいして面白いものではありません。野心に燃えた二十八歳の若者でしかありません。僕の野心は、現在のマスコミ界に衝撃を与えることです。僕のような若僧がこんなことをいうと、不遜《ふそん》に聞こえるでしょう。生意気な奴だと思えるかもしれません。だが、マスコミ界で働いておられる皆さんも、新しい力の台頭が必要なことは、実感としてお持ちのはずです。現在のマスコミが、機構の巨大さのために硬直化していることも、賢明な皆さんは、ご存知のはずだと思います。それを正すには、僕のように一匹狼の存在が必要ではないでしょうか。幸いマスコミ界の帝王といわれる五味大造氏が、僕の考えに賛同してくれ、援助を約束してくれました。五味大造氏も、現在のマスコミ界に新しい力の注入が必要と考えられたのだと思います。僕は、そうした使命を意識して遠慮のない活動をしていくつもりです。マスコミの世界には身を置きますが、既存のマスコミにも、遠慮なく嚙《か》みつくつもりでおります。そのために、『早川ジャーナル』という個人週刊誌を発行することに決めたのです。この週刊誌は、あくまでも僕個人の雑誌であり、僕の思想、考え方を表面に押し出していくつもりです。第一号は月末に発行の予定ですが、皆さんをあッと驚かせるような内容にするつもりですので、期待していただきたいと思います」

　早川の挨拶は、ある意味では若者らしく堂々としていたが、不遜な感じでもあった。そのせいか、彼が挨拶を了《お》えたとき、まばらな拍手しか生まれなかった。奈美子のまわりにいた客の何人かは明らかに不興げに顔をしかめていたし、「五味さんは、あんな男を援助するなんて、物好きだな」と批判の言葉も聞こえた。

　その大造は、最後に司会者から指名されてマイクの前に立ったが、言葉少なく、今日のパーティに参加してくれた人々に礼をいっただけで、さっさと自分の席に戻ってしまった。早川吾郎にも「早川ジャーナル」についても一言も触れなかった。後援者という肩書のある人間にしては、異様と思える挨拶だった。小さなざわめきが生まれたのは、そのせいだろう。だが、早川は平気な顔でニヤニヤ笑っていた。

　乾杯が行なわれたあと、くつろいだ形のパーティになったが、大造はやっと解放されたというように、そそくさと会場を出て行ってしまった。今日は早川吾郎が一応、主賓となっていたが、誰の眼にも本当の主役は五味大造だった。それを証明するように、大造が姿を消すと、会場を埋めていた人々の過半数がぞろぞろと出ていってしまった。

　広い会場は、櫛《くし》の歯が抜けるように寂《さみ》しくなった。

早川は椅子から立ち上がり、ゆっくりと奈美子の傍へ近づいてきた。江崎は、いつの間にか姿を消してしまっていた。

「来てくれましたね」

と、早川は嬉《うれ》しそうにいった。近くで見るとやはり、いつもの不敵な顔つきの早川だった。陽焼けした顔が、フォーマルなタキシードに似合わなかった。この青年に似合うのは、やはりラフな恰好なのだと奈美子は思った。

「あなたも、ずいぶん偉くなったものね」

奈美子は皮肉を籠めていった。早川はクスクス笑って、ぐるりと会場を見廻した。

「確かに僕は人気がない。見てご覧なさい。残っているのは二、三十人しかいなくなった。その人たちも僕に話しかけて来ようとしない。明らかに僕は嫌われている」

「何者かわからないから、気味悪がっているのよ」

「週刊早川ジャーナルの第一号が出れば、僕がどんな人間かわかりますよ」

「どうやって、パパにお金を出させたの？　脅迫したって噂を聞いたけど本当なの？」

「脅迫？　誰に聞いたんです？」

「何となく耳に入って来たのよ。教えてくれない？」

「何をです？」

「どんな脅迫の仕方をしたかよ。パパの弱味を教えてくれれば、これからお小遣《こづか》いをタカれるもの」

奈美子は笑いながらいったが、小遣いをタカるというのは、もちろん冗談だった。父の弱味を知りたいのは、ある意味で、より父に近づきたいためでもあった。父の大造は、奈美子には偉大すぎ、完璧《かんぺき》すぎた。その父に弱点があるとわかれば、もっと人間味を感じることができるだろう。

「五味さんとの約束で、それはいえないな」

早川がいったとき「週刊サン・プリズム」の記者二人が近寄ってきて、

「ドン・キホーテが英雄に変身したね」

と、早川に声をかけた。

奈美子は、その機会に早川の傍を離れた。
二、三十人に減っていた客は、さらに減っていて、広い会場には、もう四、五人しか残っていなかった。会の時間は一応八時までになっていて、まだあと一時間もある。それなのに客の姿がないというのは、異様だった。
奈美子は、会場の出口のところまで来て、早川のほうを振り返った。

がらんとした会場のちょうどまん中あたりで、早川吾郎は二人の「週刊サン・プリズム」の記者のインタビューを受けている。早川は笑っていた。

奈美子はふと、父が早川に敗けるのではないかという気がした。それは考えられないことだった。冷静に考えれば、父の大造が二十八歳の無名の若者に屈するはずがなかった。それにもかかわらず、たとえ一瞬でも、父が敗北するかもしれないと考えたのは、いったい何故だろうか。

奈美子は会場を出て、エレベーターに向かって歩きながら、その理由を考えていた。その答えが見つからぬうちに、彼女はホールを出た。

外はいつの間にか雨が降り出していた。

5

江崎は「例の写真について話がある」と、S新報社会部から連絡があったとき、てっきり買い取りの値段のことだろうと思った。早川吾郎のためのパーティの席で、社会部次長《デスク》に写真の話をすると、向こうは、ぜひ見せてほしいといい、翌日、社のほうへ持参したときも「これは使える」と、膝《ひざ》を叩いていたからである。

江崎は「婦人科カメラマン」というレッテルを貼られていることに前々から不満を持っていた。モデルや女優を撮るのは、それが手っ取り早く金になるからである。もちろん、美しい女性を撮ることは楽しい。だが、そうした写真はひたすら美しく撮るというのが本筋で、その写真の中に自分の思想なり、考え方を盛り込むことはほとんどできない。江崎の不満はそこにあった。社会派的な写真も撮りたかったし、そうした力のあることも示したかった。江崎の理想はインドシナの戦場で死んだキャパであった。

だから「夜明けの唄」のような若者の溜まり場にも、よく足を向けたのである。そして、田沼哲が殺される瞬間の写真を撮れたことは幸運だった。もし、あの写真が新聞を飾れば、あの迫真力から見て話題になることは明らかだと思った。江崎には、こんな写真も撮れるのかと、世間が注目してくれるだろう。

S新報に行くと、しばらく応接室で待たされた。やがて顔馴染《なじ》みのデスクが部屋に入って来たが、彼の顔には先日のような輝きがなかった。江崎は嫌な予感がした。

「どうもあまりいい話でなくて、悪いんだがねえ」

と、デスクは、江崎から視線をそらすようにして切り出してきた。

「君が持って来てくれたあの写真のことなんだが――」

「使えないというんですか？」

「まあ、そうなんだ」

「何故です？」

江崎の顔色が変わっていた。デスクは、困ったな、というように首筋をなでた。

「いい写真なんだが、どうもリアリティがあり過ぎて、読者には刺激が強過ぎるというんだ。数百万部の新聞だからねえ」

「新聞が駄目なら、週刊誌でもいいですよ。お宅は週刊誌も持っているんだから」

「もちろん、週刊誌のほうにも話をしてみたよ。だが、この写真を載せるのはどうもというんだ。迫力のある写真だということは認めるんだが、顔が血まみれになっているというのは、どうも刺激が強過ぎるというんだ」

「しかし、最近は、もっとどぎつい写真をちゃんと載せているじゃありませんか」

「まあ、そうだがねえ」

デスクの口ぶりは、どうも歯切れが悪い。江崎は次第に腹が立ってきた。あの写真なら何処《どこ》の社でも飛びつくという自信があった。それをS新報に持ち込んだのは、奈美子のことがあったからだった。好意から持ち込んだつもりであった。

「どうも君に悪いことになってしまったんだが、ただ返すというのも何だから、適当な値段で、うちで買い取ってもいいんだ」

デスクにいわれて、江崎の顔は、いっそう嶮《けわ》しくなった。

「載せもしないものを、買い取るというのは、写真家に対する侮辱《ぶじょく》ですよ。そんなことはこちらからお断わりです。とにかく、あの写真を返してもらいます」

江崎はデスクから、ネガと引伸ばし写真の入った封筒を受け取ると、音を立てて椅子から立ち上がり、部屋を出た。

廊下に出たところで、危うく誰かにぶつかりそうになった。

「やあ」

相手は、親しそうに声をかけた。早川吾郎だった。が、江崎は返事もせずに階段を駈けおりていた。

6

自分の車に戻ってからも、江崎の顔はまだ蒼《あお》ざめていた。江崎はカメラマンとしての自分の腕に自信を持っていた。婦人科カメラマンとして若手ナンバーワンと自他共に認めている。デスクの言葉は重大な侮辱だった。彼のいい方は、まるで婦人科カメラマンとしては一流でも、社会的な事件を撮らせたら未熟だといっているように、江崎には聞こえた。

「くそッ」と舌打ちして、江崎がスターターを廻したとき、車の横に人影が立った。廊下でぶつかりそうになった早川吾郎だった。

早川は、勝手にドアをあけ、助手席に身体を滑り込ませてきた。

「やあ」

早川は、笑いかけて、

「ご機嫌斜めだね」

「悪いか？」

「これはご挨拶だね」

「正直にいわせてもらえば、僕は君という人間が嫌いなんだ」

面と向かって、江崎はいったが、早川は、「ほう」といっただけで、ニッと笑った。

「まあ、そんなことは、どうでもいいさ」

早川のその言葉に、江崎は妙ないい方だが、ある爽《さわ》やかさを感じた。

「君に仕事の話があるんだ。今度、僕が出す個人雑誌のことでね」

早川は、煙草をくわえて火をつけた。江崎は用心する眼になった。

「写真を頼みたいというのなら断わるよ。今、忙しいんでね」

「写真の話だが、新しく撮ってくれというんじゃない。今、君が、S新報から掲載を断わられた写真のことなんだ」

「何故、知ってるんだ？」

「あんなに血相を変えて飛び出してくれば、いったい何があったんだろうと理由を知りたくなるもんだよ。それで、写真のことをデスクから聞いたんだ。写真というのはそれかい？」

早川は素早く手を伸ばして、江崎が横に置いておいた封筒を取り上げた。江崎は「あッ」と声をあげたが、奪い返そうとはしなかった。早川という男は嫌いだったが、そんな男にも、見せてやりたいという気持ちが働くほど、写真の出来ばえに自信があったからである。

早川は、四ツ切りに伸ばした写真を取り出すと、かざすような恰好で眺めた。

「素晴らしい」

早川は大きな声を出した。

「迫力満点の写真だ。やられた田沼哲の向こうに、木刀を振り上げた若者が写っているのもいい。これは例の渋谷のバーの事件だね？」

「そうだ」

「どうだい。この写真を僕に売らないか。週刊早川ジャーナルの第一号の表紙に使いたいんだ」

「表紙に？」

「そうさ。今の週刊誌の表紙といえば、美人の写真か飛行機の写真だ。たまにはヴェトナム戦争の写真なんかも出るが、それだって、たいして迫力があるものじゃない。そんなマネはしたくないんだ。この写真を使えば、読者をあッといわせることができる」

「残念だが、君に売る気はないね」

「何故？」

「さっきもいったように、君が嫌いだからだ」

「だが、この写真は、S新報で断わられたんだろう？」

「ああ。S新報が駄目でも、他に買うところはいくらでもあるさ」

「そうかな？」

早川はくびをかしげて見せた。

江崎は、むッとした表情になって、

「それは、どういう意味だ？」

「冷静に考えてみることだよ。この写真はお世辞抜きでいい写真だ。ジャーナリストなら誰だって飛びつくはずだ。それなのにS新報のデスクは載せることを断わった。週刊誌のほうもね。僕が何故断わったかときいたら、デスクはひどくあいまいなことしかいわなかった。今、この写真を見ても、僕には何故S新報が断わったのか理由がわからない。そこのところを冷静に考えてみようじゃないか」

「――――」

「社会部のデスクは、この写真が欲しかったと思う。これは断言してもいい。今、会ったデスクの表情でもそれはわかるよ」

「それなら、何故、断わったんだ？」

「そこさ。社会部の責任者がのせたい写真を、駄目だと押えられるのは、誰かということだ」

「営業か？」

「いや。違うな。この写真を載せれば、新聞の売れ行きは伸びるよ。だから、営業が反対するはずはない。恐らくもっと上のほうから圧力がかかったんだ」

「上というと、社長――か？」

「そうさ。五味大造さ」

早川はきっぱりといった。が、江崎は半信半疑だった。

たった一枚の写真に、社長が口を出すだろうか。

「圧力をかけたのが社長の五味大造だとして、理由はいったい何だ？」

江崎がきくと、早川はもう一度、写真に眼をやってから、

「それは僕にもわからん。だが、想像できないこともない。この写真の人物は、田沼哲だ。もしこの写真を載せたら、死んだ田沼は、英雄になってしまうかもしれない。五味大造に限らず、マスコミ界の上層部の人間は体制側が多い。だから、この写真を載せたがらなかったんじゃないかな。僕のこの想像が当たっていれば、何処の新聞社へ持って行っても、載せはしないだろうね」

「――――」

江崎は、黙って、社会部デスクの顔と言葉を思い出した。いつも歯切れのいいデスクが、今日に限って奥歯に物のはさまったようないい方だった。デスクは刺激が強過ぎるからといったが、その言葉を、江崎はまともには受け取っていなかった。それは表向きの理由だと思っていた。

それだけに、早川の言葉は江崎にショックだった。田沼哲だということで、五味大

造が圧力をかけたのだとしたら、他の新聞社でも断わられるおそれは十分にある。どの新聞の論調を見ても、田沼の言動には、批判的だからだ。

江崎の迷いを見すかしたように、早川はにやっと笑うと、

「この写真は貰《もら》ったよ」

と、封筒を持って、車をおりてしまった。

7

早川はアパートに帰ると、机の上に写真をのせ、じっくりと眺めた。

迫力があるいい写真だと、改めて思う。江崎が取り返しに来ないところをみると、「週刊早川ジャーナル」第一号の表紙にすることを承知したのだろう。

早川はそう解釈した。

（さて、この写真をS新報が掲載を断わった理由だが――）

早川は、思案する眼になって、薄汚れた天井を睨《にら》んだ。

この安アパートも、近いうちに引きはらう必要がある。週刊誌の編集発行者になったのだからな。

五味大造が、上から圧力をかけたのだと江崎にいったが、この考えは間違っていない気がする。

問題は、五味大造が掲載をやめさせた理由だった。江崎には、田沼哲が嫌いだからさといったが、この説明にはあまり自信がなかった。血まみれの田沼の姿は英雄にも見えるが、同時に惨《みじ》めな敗北者にも見えるからである。

（わからないな）

と、早川は呟《つぶや》いた。わからないとなると、余計に五味大造がこの写真を押えた理由を知りたくなった。

調べてみようかと考えたが、どこから調べていいか、ちょっと見当がつかなかったし、週刊早川ジャーナルの創刊を控えて、時間の余裕がない。

しばらく考えてから、思い出した顔が一つあった。

早川は半年ほど私立探偵社で働いたことがあり、そのときの同僚の三浦善夫《みうらよしお》という男のことだった。

同僚といっても、向こうはひと廻り近く年上で、インテリヤクザめいた雰囲気を持っている男だった。善夫という名前だが、名は体を表わさなくて、金のためなら何でもやりそうなところがあった。妻の素行調査を頼まれて、彼女が大学生と浮気しているのを見届けると、それを依頼主の夫には報告せず、本人のほうを脅迫して、大金を巻き上げるような男である。

早川は、名刺を探して電話をかけ、明日会いたいと告げた。

翌日の午後、早川は渋谷の喫茶店で、三浦に会った。

三浦は、相変わらず不精ひげを生やし、疲れたような顔をしていた。

「お前さんのことは新聞でみたよ。なかなか景気が良さそうじゃないか」

三浦は、煙草のヤニで黄色くなった指でコーヒー茶碗を持ち上げて、早川の顔をじろじろと眺めた。

「上手《うま》く立ち廻ってるんだな」

「あんたのほうはどうだい？」

「相変わらずさ。金になるような調査は、なかなかないよ」

「それなら、アルバイトをしてみないか。あんたに頼みたい仕事があるんだ」

「どんな仕事だ？」

「まず、この写真を見てくれ」

早川は、丸めてきた例の写真を、三浦の前に広げて見せた。

「妙な写真だな」

と、三浦はさして感動も示さずにいった。

「何かの映画のスチール写真かい？」

「いや。本物だ」

「ほう」

「新聞は見なかったのか？」

「ここ四、五日は見てないよ。面白い事件もなさそうだから」

「写真で血まみれになっているのは、田沼哲だ。有名な評論家だ。問題は、木刀を振りかぶっている若い男のほうだ。当然、警察も追いかけているだろうが、僕もどこの何者なのか、田沼をなぜ殴ったのか知らない。調べてくれるか？」

「そうだな。何とかやれるだろう。ところで、いくらくれるんだ？」

「それは、わかった事柄によるよ。もし、僕が期待していたような事実が出たら、十万でも二十万でも払う。もちろん、何も出なくても実費に色はつけるよ」

「成功報酬というわけか」

三浦はにやっと笑うと、写真をくるくるとまるめてポケットに突っ込み、のそッと立ち上がった。

「一週間もしたら、報告するよ」

三浦は、それだけいって、喫茶店を出て行った。

早川は、やや猫背の三浦の後ろ姿を見送ってから、ゆっくりと、煙草に火をつけた。

あの写真から、いったい何が飛び出してくるだろうか?

第五章　私立探偵の死

1

三日後、私立探偵の三浦から電話がかかり、早川は前と同じ渋谷の喫茶店で会った。店の客は、ほとんど若いカップルだったが、その中で、薄汚れた中年男の三浦は場違いな客に見える。早川は「やあ」と声をかけてから、自分もこの店では場違いな客かもしれないなと思った。

「わかったかい？」

「わかったから電話したんだ」

三浦は、不精ひげだらけの顔をつるりとなぜた。

「殴っている男は、足立克彦《あだちかつひこ》。年齢は二十六歳」

「いったい何をやっているんだ？」

「バイトにトラックの運転手をやっている」

「じゃあ本業は何だい？」

「本業といういい方が正しいかどうかわからないが、正心会《せいしんかい》というグループに入っている。代々木の近くに空手道場があるんだが、そこが正心会の本部だ」

「右翼団体かね？」

「まあね。だが、正統右翼じゃない。新左翼というのがあるが、正心会は、新右翼といったところかもしれないな。既存の右翼に不信感を持っている若者たちの集団だ」

「足立克彦の経歴は？」

「バイト先の運送会社で、彼の出した履歴書を写して来たよ」

三浦は手帳の間から折り畳んだメモ用紙を抜き出して、早川の前に置いた。ひろげてみると、履歴書と呼ぶのが適当かどうかわからないほど簡単な記載であった。

家族　なし
職歴　なし
最終学歴　M高校中退

住所は、代々木近くの空手道場内となっている。

「今は、こんな簡単な履歴書で、不審に思わず採用するのかね」

と、早川は呆《あき》れながら、

「警察も当然、この足立克彦という男に眼をつけているんだろう？　まだ逮捕されたというニュースは聞こえないんだが」

と、三浦にきいた。

「殺されたのが、力による革命を唱えている田沼哲だからね。それに凶器が木刀ということもあって、警察は右翼の青年という線を追いかけているのは事実だよ。正心会もその対象になっている」

「なぜ、逮捕しないのかな？」

「出来ないんだよ。あの時、店に居合わせた何人かの客が、犯人の顔を見ているんだが、うす暗い店でね。一瞬の出来事だし、みんな怖くて床に伏せたりして、まともに見てはいないんだ。足立克彦らしいことはわかったが、それだけでは逮捕はできないよ。ただ、この写真が警察の手に渡れば別だ。どうするね？　市民の義務を果たすか？」

三浦は、眼を光らせて早川を見た。

「この写真が、その男の運命を握っているというわけか」

「そうだよ」

「市民の義務はいつだって果たせる。少し考えよう」

早川は写真をポケットに放り込んだ。

「ひょっとすると五味大造がこの写真を採用しなかったのは、殺された田沼哲が写っているからではなく、加害者が写っているからではないだろうか？」

早川はふと、そんな考えが閃《ひらめ》いた。

2

喫茶店を出るとすぐ、雨が降り出した。台風の前ぶれのように風も強くなってきた。

早川は三浦を裏通りの飲み屋に誘った。

「どうだい？　僕と一緒に働いてみる気はないか？」

早川は調査の礼金を払ってから、三浦にいった。三浦は潰《つぶ》れた煙草を取り出して火をつけた。

「おれには雑誌の編集みたいな上品な仕事は向かんよ」

「編集は僕がやる。あんたにやってもらいたいのは、記事になりそうなニュース集めだ」

「ということは、スキャンダルを見つけてくれということかい？」

三浦は小鼻に皺《しわ》を寄せて、ジロリと早川の顔を見た。早川は苦笑して「そういえば、身も蓋《ふた》もないな」といった。

「ただ、僕が欲しいのは、今の女性週刊誌が載せている、女優の誰と監督の誰の仲が怪しいといった類《たぐ》いのニュースじゃない。あれは、明らかにナレアイだよ。それに相手が弱いということで、安心しきって書いているイヤラシさがある。僕が嚙みついてやりたい相手は、もっと権力の中心にいる奴なんだ。それに、そんな女性週刊誌自身も叩きのめしてやりたい。だから、そいつらのスキャンダルが欲しいんだ」

「難しい注文だな」

三浦は頭をポリポリかいてから、眼の前の焼き鳥に手を伸ばした。

「どうだ？　やってくれないか？」

「おれは駄目だ。だが、おれより才能のある男を紹介してやるよ。そいつを使ってみてくれないか」

「どんな男だ？」

「おれのボロアパートの住人で、売れないルポ・ライターなんだ。Nという社会評論家を知っているかい？」

「もちろん知ってるさ。売れっ子だからね。僕にいわせれば、もう評論家というよりタレントだが」

「そいつの下で資料集めをやらされている。Nが今、S新報に『現代社会の恥部を探る』という連載物を書いているが、あれは全部、おれの友人の集めた資料だそうだ。だが、彼の名前じゃあ、いくらいい材料でも売れん。それで悶々《もんもん》としているようだ」

「そういう人間なら使えるよ。明日にでも僕の所へ来るようにいってくれ」

早川は乗り気でいった。現在に満足している人間に何かを期待はできない。期待できるのは、鬱積《うっせき》した不満の持ち主だし、そういう人間のほうが使いやすい。

早川も、三浦も酔いが回ってきた。とくに三浦のほうはご機嫌に酔っ払った。「お前さんに忠告したいことがあるんだがなあ」と、三浦は早川の肩に手を廻し、酒臭い息を吐きかけるようにしていった。

「人間は無理が禁物だよ。無理してよかったためしはないからなあ。お前さんはどうも自信過剰なところがあるから気をつけたほうがいいなあ」

「ああ。気をつけるよ」

早川は笑って肯いたが、三浦の言葉は、その店を出た途端に忘れてしまっていた。

3

翌日も雨だった。雨の中を、三浦のいった男が、紹介の名刺を持って訪ねて来た。

早川とちょうど同じくらいの年齢で「貴生知勝《たかおともかつ》」と自分の名前をいったあと、怒ったような顔で押し黙っている。初対面の早川に対する用心ということもあるだろうが、それ以上に日頃の鬱積した不満が、態度に現われているらしいと、早川は推測した。

「貴生とは面白い名前だね」

「由緒のある姓らしいが、僕には関係ない。祖父は戦争中、陸軍少将で、貴生という姓に誇りを持っていたそうです。その誇りを傷つけまいという馬鹿な考えを起こして、敗戦の日に自殺しましてね。おかげで後に残った祖母は、苦労の連続でしたよ」

「なるほど――」

早川は、貴生という陸軍少将のことを、戦記物語か何かで読んだことがあったのを思い出した。確か、徹底抗戦を叫んだ一人だったと記憶している。

「祖父の話はやめましょう」

貴生は肩をすくめて、

「それより、仕事のことを話してください。いったい、何をやるんです?」

その性急ないい方にも、貴生という男の精神の屈折があらわれているようだった。才能に恵まれながら、活躍の舞台が与えられずにいると、たいていの若者が、貴生のように性急なものいいをするようになる。

「僕は個人週刊誌を出す。金はS新報が出してくれるが、勝手気ままな雑誌にすると断わってある。僕としては型破りの雑誌にしたいんだ。その仕事を君に手伝ってほしい。もちろん、給料も弾《はず》むつもりだ。どうだい?」

「ただ記事を書けばいいんですか?」

「いや。どの週刊誌にでも出ているような記事は欲しくない。僕が今度の週刊誌でやりたいのは、戦うことなんだ。噛みつくことなんだ。相手は権力のある奴らだ。とくに現在のマスコミを牛耳っている人間たちに噛みついてやりたいんだ。その噛みつき方は、どんな方法でもいい。相手のスキャンダルをあばき立てることでも、罠《わな》に落とすやり方でもね。彼らだって、そういう方法で現在の地位を築き上げたんだからね。君にやってもらいたいのはそれなんだ」

「僕にニュースを集めさせて、あんたの名前で発表するというわけですか？」

「いや。君の名前で発表させてもらう。評論家のNのような真似はしない」

早川が断言すると、今までは警戒的だった貴生の顔に若者らしい笑いが浮かんだ。

「やらせてください」

「これで決まった」

早川は椅子から立ち上がると、寝室からウイスキーを持って来て、自分と貴生のグラスに注いだ。

「二人のために乾杯だ。ところで今、何か面白いネタをつかんでいないかね？」

早川がきくと、貴生は、グラスを置き、煙草を取り出して火をつけてから、

「一つだけ、いつか発表したいと思っていた情報があるんです。ABテレビ内部のスキャンダルですが」

「ABテレビといえば、五味大造が会長のSテレビのライバル会社だね」

早川は考える顔になって、天井に眼をやった。

「いったい、どんなスキャンダルなんだい？」

「法律的にいえば、背任です」

「会社の金を自分のふところに入れたということか？」

「そうです」

「誰が？」

「ABテレビの社長の田代《たしろ》ですよ」

「しかし、ABテレビは株式組織だし、Sテレビの五味大造のようにワンマンだとも聞いていないがね。そんなところで、そんな芸当ができるかね？」

「それができるんです。最近テレビ会社がドラマを自分のところで作らず、外部のプロダクションに発注するのは知っていますか？」

「ああ。経費の節約と、労務対策だろう。相手が小さなプロダクションなら、叩けるだけ叩いて安く作らせられるし、賃上げだとか、超勤拒否などうるさい問題が起きて来ないからね」

「そうです。今、群小プロダクションは、それこそ雨後の筍《たけのこ》みたいにたくさんあります。どこも注文を取るのに必死です。だから、リベートを払うのが常識みたいになっているんです。例えば一時間番組を二千万で外注すると、一割の二百万ぐらいはリベートで戻ってきます。それが一年の連続ドラマにでもなったら、リベートの金額だけでも大変なものですよ。僕の知っている制作部長なんか、それで馬鹿でかい邸を建てましたからねえ」

「ＡＢテレビの社長が、それをやっているというのか?」

「あそこは社長が制作部長を兼務しているんです。やろうと思えばいくらでもできる体制なんですよ」

「何故、そんなことまでして金を欲しがるんだ? テレビ局の社長なら金に困ることもないだろうに」

「噂では二号にナイトクラブをやらせているんだが、そのために金が必要だったということです。クラブの名前も、その女の名前も、わかっていますから、かなり真実性がある話じゃないかと思っています」

「社長の田代が、リベートを受け取っているというのは事実なのかい?」

「僕の友人に、ある小さなプロダクションで働いている奴がいるんですが、彼が事実だといっています。金額もわかっています。他のプロダクションで、ＡＢテレビに払ったリベートの額もだいたいつかんでいます」

「何故、今までそれを発表しなかったんだ? たいていの雑誌が飛びついてくるはずだと思うんだが」

「無名の僕じゃ、売れませんよ」

貴生は唇をちょっとゆがめて自嘲《じちょう》した。

「評論家のNの名前なら売れたろう？」

「金に困ったときは、Nに頼んで、彼の名前で売ってもらおうと思いましたよ。しかし、二つの理由でやめたんです。あくまで自分の名前で発表したかったことと、Nの性格です。彼は有名になるためにはどんなことでもする男です。それに今、ABテレビに番組を一つ持っています。今や彼はテレビタレントでもありますからねえ。恐らくABテレビに恩を着せて、僕の資料を押えてしまうでしょう。だから、Nには頼まなかったんです」

「僕が、君のその二つの希望をかなえてあげるよ。君の名前で発表するし、押えないことも約束する。もちろん、稿料も払う。それでどうかね？」

「本当ですか？」

貴生の顔が輝いた。

早川は黙って肯いてから、五味大造の顔を思い浮かべた。ABテレビで、そういうことが行なわれているとしたら、五味大造のSテレビでも、当然、同じ問題が起きているだろう。

「ABテレビだけでなく、東京にある主要テレビ局全部を叩いてみる気はないかね？」

早川は貴生の気を引くようにいった。「やってみたいですね」と、貴生はすぐ応じた。

早川は満足そうに肯いて、

「それでは、最初からシリーズものということにして発表しよう。タイトルは、テレビ局の恥部をえぐるでも、各テレビ局のスキャンダルでも何でもいい。なるたけ、センセーショナルなタイトルがいいな。ABテレビの次は、Sテレビでもどうだい?」

「しかし、Sテレビはまずいんじゃないですか?」

貴生がいくらか当惑した表情できくのへ、早川はにやっと笑い返した。

「さっきいったように、僕は五味大造にはいっさい遠慮しないつもりなんだ。だから、彼のテレビ局だって構わずに叩いてもらいたいんだ」

4

貴生知勝を帰したあと、早川は江崎から預かっている例の写真をふところに入れて、アパートを出た。

貴生の書く記事で、第一号の柱の一つはできた。柱はどうしても、もう一つは欲しい。それをこの写真に関する記事にしたものかどうか、早川は迷っていた。

記事にして、それを警察が読んだとすると、当然、警察はネガの提出を要求してくるだろう。その結果、足立克彦とかいう若者が逮捕されることは眼に見えている。

それでは可哀そうだと思って、早川は迷っているわけではなかった。

まだ顔も見たこともない青年に、憐憫《れんびん》の情を感じるほど、早川は、繊細な神経の持ち主ではない。少なくとも、早川自身はそう思っている。迷っているのは正心会と五味大造の関係がわからないためだった。両者の間に何の関係もなく、記事にしたところで、五味大造が何の痛痒《つうよう》も感じないとしたら、無理をして記事にする必要がないからである。

早川は、今度の事件を扱っている渋谷警察署に足を向けた。

着いたときは夕方になっていた。署内は何となくがらんとしている。早川が新しく作った「週刊早川ジャーナル編集長」の名刺を出すと、担当の吉田《よしだ》という刑事が会ってくれた。

「あの事件の犯人は、まだ見つかっていませんよ」

と、吉田は面倒くさそうにいった。

「正心会の人間が犯人らしいという話を聞いたんですがねえ。違いますか」

「まあ、一応、マークはしています。前から田沼哲さんの言動に対して、あの会は怒りを表明していましたからね」

「あまり熱心じゃないみたいですね」

早川が皮肉をいうと、吉田刑事はキッとした顔になった。

「われわれは殺されたのが、反体制の評論家だからといって、事件を軽く見ているわけじゃありませんよ。全力をつくして犯人を探しています」

「しかし、田沼哲はよく警察の悪口を書いていましたね。それが引っかかるんじゃありませんか？」

「そんなことはありませんよ」

「正心会の連中は、何といってるんですか？」

「田沼哲の言動については腹立たしいと思っていたが、今度の事件には関係ないといっていますよ」

「しかし、正心会の会員の一人が田沼哲を殺《や》ったことは、間違いないんじゃないかと思いますがね」

「証拠がありませんよ。目撃者の証言も弱いしね」

と刑事はいった。

「正心会というのはいったい、どんなグループですか？」

「彼ら自身は新右翼といっていますね」

刑事はそういってから、思い出したというように、ポケットからガリ版刷りのパンフレットを取り出して、早川の前に置いた。

「読んでくれって、彼らが私にくれたんですよ。正心会がどんなグループか、これを読んだほうが早わかりでしょう。何枚もくれたから差し上げますよ」

早川は、礼をいって、そのパンフレットを貰ってから渋谷警察署を出た。近くの喫茶店に入って、パンフレットを広げてみた。「正心会綱領《こうりょう》」という大きな活字が、まず眼に飛び込んできた。

難しい漢語がやたらに並んでるところは、新左翼の学生たちの主張によく似ている。

北一輝《きたいっき》の名前が出てくるところも、似ている。一九七〇年に「よど号」をハイ・ジャックした赤軍派の学生たちの愛読書の中にも、確か北一輝の著書があったはずである。二・二六事件を、理論的に指導したといわれる北一輝には、左右両側の若者を刺激する魅力があるのだろう。

二度読み返したが、彼らの主張が完全に理解できたとはいえなかったし、理解したいという気持ちもなかった。早川は、右にしろ左にしろ、イデオロギーには関心がない。関心があるのは、正心会と五味大造の関係だった。無関係ならば、正心会そのものにも関心がなくなるだろう。

問題の店を見たくなって「夜明けの唄」に向かって歩き出したとき、人混みの中から、三浦が「おい」と声をかけて来た。

「何処へ行くんだ？」

「事件のあった店を一度見ておこうと思ってね」

早川がいうと、三浦は「行かないほうがいいな」といった。

「今、集まってる連中は、尊敬する田沼が殺されて怒っている。見なれない顔の人間が行ったら袋叩きに会うよ。おれも、危うく殴られそうになって逃げ出して来たんだ」

「何故、君が行ったんだ？」

「うむ」

途端に照れ臭そうに顔を歪《ゆが》めた三浦は、

「ただちょっとばかり、お前さんに頼まれた調査のことが気になったもんでね」

「しかし、調査はちゃんとやってもらったじゃないか」

「まあ、お礼の意味だと考えてくれていいよ」

「お礼？」

「貴生を使ってくれるお礼さ。それでいいだろう」

「君に、そんなしおらしいところがあるなんて知らなかったな」

早川は、皮肉でなくいった。彼の知っている三浦という男は利害関係だけで動く人間のように思えたのだが、それはこの男の一面だけでしかなかったのかもしれない。

「おれは、意外にセンチでねえ」

と、三浦は苦笑して見せた。

二人は近くの喫茶店に入った。

「あの店では、店の壁に亡くなった田沼哲の写真に黒リボンをつけて飾っていたよ」

三浦は、例によって折れ曲がった煙草を取り出して火をつけてから、ボソボソした声でいった。

「どんな連中が、今、店に集まってるんだ？」

と、早川はきいてみた。

「そうだな。田沼の本の愛読者もいるし、彼が大学で教えていた頃の教え子もいるそうだね。田沼は優秀なアジテーターだったから、今、集まっている連中も、そうとうファナティックでね」

「その連中は、正心会のことを、どう考えているんだろう？　正心会の誰かが田沼をやったらしいという噂は、彼等の耳にも入っているんだろう？」

「まあね。だが、彼等は、彼等らしい型にはまった見方をしているよ。正心会の若者たちは、誰かに踊らされているだけだというのさ。その背後にある勢力を告発するといっている」

三浦は、途中で消えてしまった煙草に、もう一度火をつけ直した。早川はコーヒーに口をつけてから、

「正心会を経済的に助けているのが誰か、調べる方法はないかね？」

「わかったら、お前さんが出す週刊誌に載せるのか？」

「それが五味大造だったら記事にしたいと思っている。他の人間だったら、正直にいって興味はないんだ」

「まるで、五味大造に個人的な恨みがあるみたいだな？」

「いや、恨みとは違うんだ」

と、早川はいったが、自分の大造に対する感情は説明しなかった。上手《うま》く説明するのは骨が折れそうだったし、そんな説明は三浦に退屈だろうと思ったからでもある。

三浦もそれ以上は聞かず、何かつかんだら知らせるよといった。

翌日、江崎がやって来た。

「この間の写真は、警察に見せるべきじゃないのか？」

という。

早川は「何故？」と呆《とぼ》けた。

「もし見せていれば、写真が証拠になって、犯人が逮捕されているからだよ。少なくとも、あの写真に写っている男は起訴されたはずだ」

江崎は固い表情でいった。

「そうだろうね」

「何故、警察に見せなかったんだ？」

「どうやら、君は正心会の人間をやっつけたいらしいね？」

「人間が一人殺されているんだ。その犯人逮捕に協力するのは、市民の義務だよ。それに正直にいえば、僕は田沼哲の考え方に、共鳴する部分が多いんだ。だから、あんな殺し方をした犯人を許せない気がするんだ」

「君が左翼学生にそんな感情を持っているとは驚いたな」

「僕だって、若いんだ。この社会を変革したいという感情はある」

「どうやら、僕は君を誤解していたらしいな。君はブルジョワ生活に憧れていると思っていた。だから、五味奈美子に近づいているんだとね」

「彼女は好きだ。だが、財産目当てじゃない。純粋に彼女が好きなんだ」

「見直した、といいたいところだが、僕は、君がブルジョワ趣味だろうと、左翼のシンパだろうと、そんなことには関心がないんだ。僕にとって必要なのは、君の写真だけだ。そして、その写真をどう使うかは、僕に決めさせてほしいね。もちろん、金は払う」

早川はポケットから、封筒に入った金を出して江崎の前に差し出した。江崎はすぐには受け取らずに、

「あの写真を、第一号の表紙に使うという約束は破らないだろうね？」

「何故、そんな心配をするんだ？」

「君がどんなことでもする人間だからだよ。君は、五味大造まで脅迫して、金を出させた男だ」

「それは単なる噂さ」

「いや、僕は事実だと思っている。そんな君だから、あの写真だって、金になるとわ

かれば、利用しかねない。違うか？」

「第一号の表紙に使う、という約束は必ず守るよ」

早川は、笑っていい、封筒の金を、江崎のポケットに押し込んだ。

江崎と別れると、早川は、奈美子のことを思い出した。何だかひどく長い間、彼女の顔を見なかったような気がした。彼女に対する関心が薄いせいなのか、逆に関心が強いためなのか、早川自身にもわからなかった。会いたい気もするし、同時に、会いたくない気もした。

彼女のことになると、早川は自分の感情が乱れるのを感じた。

（よくない徴候だ）

と、早川は思い、彼女のことを考えるのをやめた。

その後、二日間、三浦からは何の連絡もなかった。

恐らく正心会の資金源について何の情報もつかめないから、連絡して来ないのだろうと思った。

三日目に電話が入ったが、それは三浦からではなくて、貴生知勝からだった。

「原稿を今日持って行く予定でしたが、明日にしてもらいたいんです」

「何かあったのかね？」

「三浦さんが死んだんです」

と、貴生は乾いた声でいった。

第六章　寂しい死者

1

死んだ――と正確に聞いたはずなのに、早川は咄嗟《とっさ》には相手の言葉が理解できなかった。三浦という男と、死というシリアスな言葉がなかなか結びつかなかったからである。

「死んだんです。三浦さんが」

と、貴生は電話の向こうで、同じ言葉を繰り返した。早川に聞き取れなかったと思ったらしい。

「聞こえてるよ」

と、早川はいった。

「それで、三浦さんは車にでもはねられたのかね？」

「自殺です」

「自殺？」

「警察に聞いたところでは、昨夜の十二時過ぎに、N電鉄の最終電車に陸橋の上から飛び込んだというのです。即死だったそうです」

「それだけでは、自殺か事故死かわからんだろう？　誤って落ちたのかもしれんし」

「目撃者がいるんです。近くの夫婦者が、三浦さんが飛び込むのを見た、と証言しています。だから、自殺は間違いないような気はするんですが――」

「自殺か」

早川は小さな溜息をついた。四、五日前に渋谷で会ったとき、三浦は早川に向かって、「無理するなよ」と、忠告してくれたばかりである。忠告した当人が飛込み自殺をするというのはいったい、どういうことだろう？

（自殺する奴は結局、弱い人間なのだ）

と、早川は思った。敗者だ。戦うことを諦《あきら》めた弱者でしかない。三浦は嫌いではなかった。正心会のことを調べてくれたことや、貴生知勝を紹介してくれたことは感謝していた。だが、自殺してしまった今となっては、三浦のことを考える気はなくなっていた。彼はもう、早川にとって過去の人間でしかなくなってしまった。

「今夜、アパートでお通夜ですが、来ていただけますか？」

という貴生に、「行くよ」と早川はいった。

「そのときに、君の原稿を貰いたいな」

「原稿ですか？」

貴生の声が、一瞬途切れた。友人の死が語られているときに、仕事の話を持ち出した早川の神経を非難しているような沈黙だったが、早川は構わずに、「貰えるね」と、念を押して電話を切った。

2

三浦の通夜は寂しいものだった。ボロアパートの六畳に集まったのは早川と貴生と、管理人の三人だけだった。その管理人も義理で顔を出しただけで、すぐ引き揚げてしまった。

棺の前には、三浦の小さな写真が立てかけてあった。陽が顔に当たって、眩《まぶ》しそうに眼を細めている写真だった。早川は、その写真にちらりと眼をやってから、

「原稿は？」

と、貴生にきいた。

貴生は、黙って、脇に置いてあった封筒を早川の前に押して寄越した。

早川は、原稿を取り出して眼を通した。ＡＢテレビの内幕がかなり赤裸々に書いてある。文章も悪くない。

「このリベートの数字だが――」

と、早川が声をかけると、貴生は顔をしかめた。

「今は、仕事の話はやめてくれませんか」

「何故だ？」

「三浦さんの通夜の席です。貴方にとっても三浦さんは、親友だったんでしょう？」

「いや」

「違うんですか？」

「僕に親友はいない。親友は必要ないといったほうがいいかもしれないな」

「しかし、三浦さんとは古くからの知り合いだったんでしょう？」

「探偵社で一緒に働いたことがある。今度も僕に力を貸してほしいと頼んだ。だが、自殺するような弱い人間では必要なかったな。ところで、このリベートの数字だが、トータルが違ってるよ。十万多い。訂正してほしいね」

「よく気がつかれましたね？」

「僕は生まれつき数字に強いんだ」

「いや、僕のいうのは――」

「わかっているさ。友人のお通夜なのに、よくそこまで冷静になれるものだと、君はいいたいんだろう？」

「ええ」

「この間、僕が話したことも覚えてるかい？」

「ええ。だいたいは」

「僕は今度、早川ジャーナルという個人週刊誌を出す。資金は五味大造に出させるんだが、彼は喜んでその金を出してくれるわけじゃない。いやいや出すんだ。だから、こっちが少しでも隙《すき》を見せたら簡単に足をすくわれてしまう。だから、自分のまわりにいる人間の一人が自殺したくらいのことで、おろおろするわけにはいかないんだ」

「ご立派ですね」

貴生は、ニコリともしないでいった。早川は、小さく笑って、

「皮肉かね？」

「いや。別に。本当に感心してるんですよ。その若さで個人週刊誌をやるぐらいの人は、やはりどこか違うと」

「僕と一緒に働くのはいやになったかね」

「いや」

貴生は、堅い表情で、くびを横にふった。

「仕事は仕事です。割り切ってやりますよ。貴方も、そのほうがいいんでしょう？」

「もちろん。ところで、君に忠告していいかな？」

「どんなことですか？」

「君は、正義感の持ち主らしい」

「いけませんか？　僕は残念ながら、現代の若者風に物事を軽く見ることができないんです。気のきいた行動もとれない。何事にも正面から取り組んでしまう。不器用な人間ですよ」

「僕も小器用な人間は嫌いだ。彼らは人間の屑《くず》だよ。彼らなりに、面白可笑しく世の中を渡っていくだろうが、それだけのことだ。時代を動かすような力には絶対になれない。彼らに比べれば、正義感の持ち主のほうがずっといい。ただ――」

「ただ、何です？」

「人間は、正義のために行動しているのだと考えはじめると、その考えに縛《しば》られて、身動きが取れなくなってしまうことがある。大事なのは正義より、勝つことだということを忘れてしまう」

「僕には、勝つことより、正義を守ることのほうが大事な気がしますが」

「戦いに勝たなければ、何の意味もないんだ。正義感では現代の戦いには勝てない。時には卑劣な手段を使ってでも、とにかく勝つことだ。僕はそのために、どんなことでもするつもりでいる。それが、君には我慢がならなくなるかもしれん。今のままの君ではね」

「しかし、僕には自分の生き方を変える気はありませんよ」

貴生は、挑戦するように強い眼で早川を見、はっきりした声でいった。

「わかった。忠告はやめよう」

早川はゆっくりと煙草に火をつけてから、貴生の顔を見直した。

（この男は才能もあるし、誠実でもある。だが、その誠実さのために、何時《いつ》かおれの敵に廻ることになるかもしれないな）

3

三浦の死は、早川の心に小さな傷痕《きずあと》さえ残さなかったが、正心会と五味大造との関係を調べる手足を失ってしまった痛手はあった。両者の関係が不明のままだとすると、江崎の撮った問題の写真は表紙に生かしたとしても、本文では、なんのコメントも書けないことになる。

弱いな、と思ったが、第一号の表紙にはやはり、あの写真を使うことに決めた。江崎に対する約束もあったが、あの写真を黙って投げ出すことで、反応を見たいということもあった。

早川は江崎に電話をかけて、改めて例の写真を表紙に使うと告げた。

「ただ写真には、何の説明もつけずに、表紙に使いたいんだ。それを了解してもらいたい」

「なぜだ。あれは田沼哲が殺されたときに撮ったんだ。その説明をつけなかったら無意味じゃないか」

電話口の江崎は明らかに不満そうだった。

「しかし、そんな説明文をつけると、警察から、なぜ早く提出しなかったと叱られるかもしれんよ」

早川は、脅かした。

「馬鹿な。警察へ見せたほうがいいといったのに、押えたのは君じゃないか」

「とにかく、僕としては、何のコメントもつけずに、あの写真を表紙に使いたいんだ」

早川は押えつけるようないい方をした。

「理由は？　理由を聞きたいな」

「黙って投げ出して、その反応を見てみたいんだ。僕の推測が当たっていれば、いろいろな方面から反応があるはずだ」

早川は、江崎が反対しても、自分の考えどおりに運ぶつもりだった。あの写真は買い取ったと考えていたし、早川ジャーナルは、自分の好きなように編集する気だったからである。江崎に電話したのは、彼が撮影者ということで、一応、敬意を表したにすぎない。

江崎はまだ何かいいたげだったが、早川は電話を切ってしまった。

江崎には話さなかったが「百万円の感想文募集」と謳《うた》って、表紙に使う例の写真の感想文を募集することも早川は決めていた。

もちろん、狙《ねら》いは「良い」とか「悪い」という類いの投書が欲しいわけではなかった。投書の中に、早川の欲しい情報が交じっていてくれることを願っての企画だった。

その他、新人の小説や劇画も入れたが、早川の狙いは、あくまでも表紙の写真と、貴生知勝のレポートだった。

第一号が出たのは、十月二十九日だった。

4

五味大造は、わざと無表情にいつもの席に着いた。

毎月一回、民間テレビ会社の社長だけの集まりが、Kホテルで持たれている。親睦《しんぼく》の集まりだが、情報を交換することもあるし、労務対策を協議する場合もある。十一月一日のその日も、Kホテルに集まったのだが、いつもとは、空気が違っていた。遅れて着いた大造には、それが何故なのかわかっていた。

ABテレビの社長、田代慎三《しんぞう》の顔色が変わっていて、大造を睨《にら》んでいたからである。早川ジャーナルの記事のせいだ。

「五味君」

と、果たして、田代が、顔を赤くして、大造に声をかけてきた。

「何だね？」

「この雑誌は――」

と、田代はテーブルの上に、早川ジャーナルの第一号を投げ出して、

「君が資金面の面倒を見てるそうだね」

「まあ、そうだが――」

「それなら、もちろん、第一号の内容はご存知だね？」

「昨日、ざっと眼を通したよ」

「この『テレビ局の内幕をえぐる。第一回、ＡＢテレビ』というのはいったい何だね？　まるで私が職権を利用して、私腹を肥やしているように書いてあるじゃないか」

「実はそれを読んで、わたしもびっくりしたんだ。あんなひどい記事を載せるとは思ってもいなかったんでね。私の監督不行き届きだ」

「まさか、五味君。知っていてわざと書かせたんじゃないだろうね？」

田代は疑り深そうな眼で、大造をじろじろと見た。

大造は苦笑した。

「馬鹿をいっちゃ困る。私は、そんな馬鹿な真似はせん。それにこの記事をよく読んでみてほしい」

大造は、ポケットから丸めた早川ジャーナルを取り出して、その表紙を指で叩いた。

「ここには全部のテレビ局を槍玉《やりだま》にあげると書いてある。私のSテレビもやるつもりだ」

「なぜ、そんな男に資金を出すんだね」

「やむを得ない義理があって、出してやったんだが――」

大造は早川から脅迫されたときのことを思い出して、苦虫を嚙み潰《つぶ》したような顔になった。

(少しでも栄光に傷がつくのが嫌だと思い、あの男に譲歩したのが失敗だったかもしれないな)

早川吾郎という若者を甘く見ていたとは思わない。こんな馬鹿なことをするとは思っていなかったといったほうが正確だった。もっと利口に立ち廻る男だと思っていたのである。

(早川吾郎のことは、考え直さなければならなくなりそうだな)

と、大造は考えた。大造は自分が冷酷になろうと思えば、幾らでも冷酷になれる人間だということを知っている。早川吾郎のような男をひねり潰すのはわけもないことだ。

大造の気持ちを、そこまで持っていかせたのは、早川がABテレビの内情を暴露するような記事を載せたためではなかった。正直にいえば、この記事はむしろ痛快ですらあった。他のテレビ局が叩かれるのは楽しくこそあっても、大造の痛みにはならない。

大造の気持ちを刺激したのは、表紙に使われた写真のほうだった。

この写真は、前にS新報でも出している週刊誌が取り上げようとしたのを、大造が圧力をかけてやめさせたのである。やめさせたのは大造の個人的な理由だったが、それは強い彼の意志でもあった。もし早川ジャーナルの表紙に、この写真が使われるのがわかっていたら、大造はどんな手段を使ってでもこの雑誌の発行を中止させただろう。

大造はもう一度、表紙の写真に眼をやった。早川吾郎がどんな意図を持って、表紙にこの写真を使ったのか、それがわからないのが大造をいらだたせた。本文の中に何の説明もつけないかと思えば、表紙の写真の感想文を、百万円で募集するというのも、何のためなのかわからなかった。何もかも知っていて、大造に対する嫌がらせに、こんな作り方をしたのではあるまいかとさえ、勘ぐりたくなってくる。

「私は、早川という男を名誉毀損《きそん》で告訴するつもりだ。異存はないだろうね？」

田代が嚙みつくような声で大造にいった。

大造は表紙の写真に眼をやったまま、「いいとも、君のいいようにしたまえ」といった。

だが、大造は、田代が早川吾郎を告訴などしないだろうと考えていた。テレビ局のリベート問題は半ば公然の秘密であったし、田代が告訴すれば、かえって藪蛇《やぶへび》になるに違いないからである。むしろ告訴などせず、黙っていれば、すぐ忘れ去られてしまうだろう。日本の読者というのは金の問題には寛大なのだ。

会が終わって別れるとき、田代が、そっと、

「この雑誌の発行部数はどのくらいなのかね？」

と、大造にきき、大造が五万と答えると、田代はほっとした表情になった。これで田代は、絶対に告訴などしないだろうと、大造は思った。

だが、五味大造には、写真のことと早川吾郎のことが、重く心に引っ掛かっていた。早川を叩き潰すのは簡単だったし、叩き潰してやるつもりだった。だが、表紙に使わ

れた写真が、どんな波紋を投げかけるか、大造自身にも判断がつかなかったからである。

5

翌朝、S新報に出社するとすぐ、五味大造は早川を電話で呼びつけた。早川は三十分ほどして姿を見せたが、相変わらず自信満々な顔をしていた。

「君は、少々図に乗り過ぎたようだな」

大造は、冷たい眼で見すえていった。

早川はにやっと笑って、

「早川ジャーナル第一号のことをおっしゃってるんですか？」

「そうだ」

「おかげさまでなかなか評判がいいようで、喜んでいるんですが」

「君はへまをやった。君はもう終わりだ」

「意味がよくわかりませんが？」

「ABテレビの社長が、君を名誉毀損で告訴するといっている。私も、君への援助は打ち切るつもりだ。つまり、君はもう終わりだ、ということだ」

「例の応募写真がインチキだとわかってもいいんですか？」

「脅迫かね」

大造は、じろりと早川を睨んでから、ふいに、あははと、声を立てて笑った。

「君は馬鹿な男だ。わたしが、君の脅迫に怯《おび》えて資金を出したと思っていたのかね？」

「――――」

「私は、現状に波を立たせたくなかったから、君に金を出したまでだ。それなのに君が、あんな馬鹿な雑誌を出すなら、私も覚悟を決めなけりゃならん。君は明日の新聞を見るといい。君の入選写真に不正があったから取り消すという記事が載るはずだ」

「あの録音テープ、公表してもいいんですね」

「したければしたらいい。だが、君がそんなことをすれば、私は君を告訴する。告訴して、テープは私を落とし入れるために作られたと主張する。裁判になったら、君の証言と、この五味大造の証言のどちらを人は信用するだろうかね」

「――――」

「わかったら、さっさと帰りたまえ」

「帰りますが――」

と、早川は、椅子から立ち上がった。が、ドアの所まで歩いてから、急に、振り向いて、大造を見た。

「しかし、おかしいですね」

早川は、くびをかしげて見せた。大造は眉をしかめた。早川の態度がまるで、大造をからかっているように見えたからである。

「いったい、何がおかしいんだ？」

「ＡＢテレビの社長が、名誉毀損で僕を訴えるというのは本当ですか？」

「本当だ」

「信じられませんね。ＡＢテレビの社長がリベートを取っていることは事実です。告訴すれば恥の上塗りになるはずです。それなのに告訴すると息まいたり、それをあなたがそのまま信じておられるというのが、どうにも不思議で仕方がありませんねえ」

「しかし、田代君は、本当に告訴するといっている」

「あなたは、その言葉を信じているわけじゃあないんでしょう？」

「う？……」

「僕でさえ告訴しないだろうとわかるのに、あなたのように事情に通じている人が、告訴云々《うんぬん》を信じるとは思えませんね」

早川は思わせぶりに言葉を切って、にやっと笑った。

「だから、何だというのだ」

大造の声が、嶮《けわ》しくなった。

「だから、あなたがそんなに怒って、僕にもう金を出さないというのは、テレビ局の内幕を暴露したあの記事のためではないと、考えざるを得ませんね。と、すると、いったい何があなたを、こんなに怒らせたのか、これは興味ある問題だな」

早川は、わざと落ち着き払って、ゆっくりといった。大造の顔が赤くなった。

「詰まらんことをいわずに、さっさと出て行きたまえ」

「すぐ出て行きますよ。しかし、僕はあなたから馘《くび》にされたわけだから、その理由を知りたいだけですよ。あのルポが原因でないとすると、いったい何があなたを怒らせたのかな。劇画は別にあなたのことを扱ってはいないから違う。小説でもなさそうですね。下手くそな小説だが、それだけのものですからね。となると残るのは、表紙の写真だけれど、あの写真が何故、あなたを怒らせたのか？」

早川は探るように、大造の顔を見た。

大造は立ち上がって、くるりと背を向けてしまった。顔色が変わったのを早川に知られるのが嫌だったからだが、大造は初めて、早川吾郎という若者に、恐ろしさを感じた。

テープレコーダーで脅迫されたときも、大造は早川を恐ろしい若者には感じなかった。腹は立ったが、それだけのことだった。だが、今は違っていた。早川を恐ろしい若者だと思ったし、憎しみも感じた。

（この男は、いったいどこまで知っているのだろうか？）

大造が、振り向いたとき、早川吾郎の姿は消えていた。

6

早川がアパートに戻ると、管理人室の前にいた二人の青年が両側から寄り添ってきて、

「早川吾郎さんですね？」

といった。

「そうだが、君たちは？」

「早川ジャーナル第一号の表紙の写真について、伺いたいことがあるんです」

背の高い青年が、ひどく緊張した声でいった。

「なるほどね」

と、早川は肯いた。

相手が、どんな人間なのか、だいたい想像がついたような気がした。

「とにかく、立ち話もなんだから、僕の部屋に来ませんか」と、早川は二人を、自分の部屋に招じ入れた。

「僕たちは、U大の学生です」

と、一人が、相変わらず堅い声でいった。やはり、田沼哲に心酔している学生かと、早川は内心で肯いたが、表面は素知らぬ顔で、

「それで？」

と、相手を促した。

「あの写真のネガをください」

「どうするんだね？」

「警察へ持って行くんです」

「警察？　何故？」

「早川さん。あなたは何もかも知っていて、あの写真を、表紙に使われたんでしょ

う？」

「いや。あれは偶然手に入ったのを、迫力があると思って表紙に使っただけですよ。だから僕は、あの写真がどんな意味があるのかも知らんし、ネガもないんだ」

「本当ですか？」

二人の学生は顔を見合わせてしまった。二人が早川の言葉を信じたかどうかわからなかったが、信じなくても、早川は何も知らぬで押し通すつもりだった。

「あれに写っている田沼さんは死にました。犯人は正心会というファッショの集団なんです。だが、正心会の誰が殺《や》ったかわからないというので、警察は彼らを釈放してしまったんです。しかし、あの写真のネガと、カメラマンの証言があれば、犯人を逮捕させられるんです」

「残念ながら、今いったように、ネガもないし、誰が撮ったかもわからないんだ。だからこそ、百万円も出して、感想文を募集したんだよ。何かわかるかと思ってね。それに、これで警察も動きますよ」

「本当ですか？」

「本当だとも」

「ネガが手に入ったり、カメラマンが見つかったら、われわれに協力してくれますか?」

「ああ。もちろん」

早川は、大きく肯いて見せた。

二人の学生は、まだ早川の言葉を信じていいものかどうか迷っている様子だったが、そのうちに帰って行った。

奈美子から、電話が掛かって来たのは、その直後だった。電話を通じて流れてくる彼女の声は、妙になつかしかった。

「第一号おめでとう。今夜、食事でもどうかしら? 編集長さん」

と、奈美子はいった。

「食事のほうは、喜んでつき合うけど、編集長と呼ぶのは勘弁してほしいな」

「でも、実際に早川ジャーナルの編集長じゃないの?」

「ついさっきまではね。しかし、さっき君のお父さんに呼ばれて、馘《くび》を宣告されたんだ。もう資金は出さないとね」

「へえ」

奈美子は面白そうに、甲高《かんだか》い声をあげた。

「じゃあ、あのテレビ局の内幕レポートがパパを怒らせたのね」

「ところが、そうじゃないらしいんだ」

「おかしいな。あのレポートのほかにはパパが怒るような話は載ってなかったと思うけど」

「それが――」

早川は、ちょっと考えてから、「どうも、表紙らしいんだ」といって、奈美子の反応を待った。

だが、電話口の彼女は、簡単に、「変ねえ」と、いった。

「あの写真と、パパとは何の関係もないはずよ。それとも、血だらけの写真だから、雑誌としての品位を傷つけるとでも思ったのかしら？」

「かもしれないな。詳しいことは食事のときに話すよ」

早川は、場所を指定して、電話を切った。

奈美子とは、いつかの新橋のＳ飯店で会った。彼女は盛装だった。その美しい粧《よそお》いが、早川の気持ちをいくらか当惑させた。彼女が自分のために粧ってくれたという思いは、嬉《うれ》しくもあるのだが、同時に五味大造に対する闘志を鈍らせはしまいかと、それが不安だったからである。

「何となく、久し振りの感じね」

と、奈美子はいった。同じ感じを抱いていただけに、早川は自然に微笑してしまった。彼女の言葉は早川の自尊心を甘く擽《くすぐ》るものを持っていた。

奈美子は、早川ジャーナルを持って来ていた。食事のあとで、当然雑誌のことが話題になった。

「どうもよくわからないんだけど、パパが、この表紙の写真をけしからんといったの？」

奈美子は不思議そうにきいた。早川はくびを横に振った。

「五味さんは、写真のことには全然触れなかったよ」

「じゃあ、貴方の一人合点じゃないの」

「今のところはね。だが、僕は、五味さんが怒ったのは、この表紙の写真のせいだと確信しているんだ」

「でも、この写真は、あたしと江崎クンが、渋谷のバー『夜明けの唄』に行ったとき、彼が撮ったものよ。パパとは関係ないわ」

「本当に関係ないだろうか？　あなたは正心会という名前を聞いたことはないかな？」

「新聞で読んだわ。田沼哲を襲ったのが正心会という団体なんでしょう」

「それは新聞の記事だろう。僕のいうのは、正心会という名前を、君のお父さんの口から聞いたことはないかということなんだ」

「パパと正心会と、関係があると思うの」

「断定はしないよ。かもしれないと思っているだけなんだ」

「でも、パパから正心会という名前を聞いたことはないわ」

「じゃあ、足立克彦という名前は？」

「それ誰？」

「写真で木刀を振り上げている男の名前だよ」

「パパから聞いたことはないわ」

奈美子の返事は、早川の期待に添わなかった。彼女が、父親のために嘘をついているとは思えなかった。聞いたことがないというのは本当だろう。

だが、表紙の写真のために、五味大造が怒ったに違いないという考えは捨て切れなかった。奈美子が知らなかったということは、早川の考えが誤っているとも受け取れるが、逆に考えれば、一人娘にも明かさなかったほどの秘密とも受け取れるからである。

「写真のことなら、江崎クンに聞いたら何かわかるんじゃないかしら？　彼が撮ったんだから」

奈美子が、考えながらいった。早川は、江崎が、何か知っているとは考えなかった。もし、早川が考えているようなことを、何か知っているとしたら、S新報に売り込みになど行きはしなかったろう。

「江崎君は、今、何をしてるんだろう?」

「確か、東北へ写真を撮りに行ってるわ」

「東北の写真なんか、頼んだ覚えはないが」

「あなたの仕事で行ったんじゃないわ。日本の農業問題をカメラでとらえてくるといってたわ。自分自身のための仕事ですって」

「自分自身のための仕事か」

早川は江崎の端整な顔を思い出した。あの男も、あの男なりにいろいろと考えて、社会派カメラマンへの転向を目指しているのかもしれない。

「正義派か」

と、早川は呟いた。どうして、こう誰も彼もが、正義派になりたがるのだろう。正義派で、そして、感傷家に。

「出ようか」

と、早川は奈美子にいった。

7

翌日のS新報に、「読者へのお詫び」という記事が、読者欄に載った。

〈前に一等入選とした早川吾郎氏の写真は合成写真であることが判明したので、これを取り消します。当方の不明を深くお詫びします〉

早川は、この記事を苦笑しながら読んだ。五味大造は、やるといったことを、ストレートに実行したのだ。あのテープを公表したければしてみろと、開き直ったように見える。

だが、早川は、あのテープを公表する気はなかった。テープを公表すれば、五味大造は少しは傷つくかもしれない。だが、それだけのことで、早川には何の得にもならないことはわかっていた。それに、表紙の写真と五味大造の間に、何かの関係があるとわかれば、それが早川の強力な武器になって、テープを使う必要はなくなるだろう。

早川が新聞を放り出して、天井に眼を向けたとき、電話が鳴った。早川が受話器を取ると、

「早川ジャーナルが、第一号だけで、廃刊になるというのは本当ですか？」

と、相手がいった。

「貴生です」

貴生の声が、ひどく堅い。早川は、

「誰がそんなことを？」

と、きいた。

「さっき電話があったんですよ。S新報の人間だといっていました。うちは、あの雑誌を援助しないことになったから、第一号だけで廃刊だ。お前も早く、新しい仕事を見つけたほうがいいと忠告してくれましたが」

「なるほど」

早川は、苦笑した。どうやら、五味大造は、徹底的に早川を叩きのめす気になったらしい。

「廃刊は、本当なんですか？」

「ある意味では本当だ」

「ある意味？」

「昨日、S新報に呼びつけられて、五味大造からもう金は出さないと宣告された。第一号の作り方が彼のお気に召さなかったらしい」

「じゃあ、やはり、廃刊になるんですね？」

「まだ、そうと決まったわけじゃない。五味大造は、気を変えて、前よりも多額の資金援助をしてくれる可能性もあるんだ。ただ、そのためには、君に調べて欲しいことがあるんだ。やってくれるかね？」

「今すぐですか？」

「ああ。早ければ早いほどいい」

「もちろん、協力しますが、今すぐはちょっと勘弁してもらいたいんですが――」

「新しい仕事でも探すのかね？」

「そんなんじゃありません。三浦さんのことで、ちょっと調べたいことがあるんです。それがすんだら、早川さんの手伝いをさせてもらいますよ」

「自殺した人間のことを、いつまで調べても仕方がないんじゃないのかね？」

「それが、自殺ではない可能性が出て来たんです」

「警察が、そういっているのかね？」

「いや、警察は、依然として、自殺説をとっています」

「じゃあ、何故、君は自殺以外の可能性があると思うんだ？」

「目撃者がいたので自殺と断定されたのは、ご存知ですね？」

「ああ。夫婦者が、陸橋から電車に飛びこむ三浦さんを見たというんだろう？」

「そうです。その目撃者が消えてしまったんです」

「引っ越したんじゃないのか？」

「かもしれません。しかし、アパートの管理人の話だと、荷物は部屋に残っているし、二カ月分の権利金もそのままだというんです。変だとは思いませんか？」

「そうだな——」

早川は、受話器を摑《つか》んだまま宙を睨んだ。もし三浦の死が他殺だとしたら、どういうことになるだろうか。

早川の眼が、キラリと光った。

「これから、すぐ、そちらへ行く」

それだけいって電話を切ると、早川は立ち上がった。

8

早川が、貴生のアパートに着くと、彼は、いくぶん皮肉な眼つきで、早川を見て、

「死んだ人間のことなんか、どうでもよかったんじゃありませんか？」

といった。

早川は真面目な顔で、「そうさ」と肯いた。

「だが、他殺となれば話は別だよ」

「他殺と決まったわけじゃありませんよ」

「人間の死に方には四つしかない。自然死か事故死か、自殺か他殺かだ。電車にはねられたんだから、自然死のはずはない。そして、自殺の線が崩れたら、残るのは事故死と他殺だけになる。もし、事故死なら、目撃者が突然消えるような妙なことは起きないはずだ。何故なら、事故死を目撃したところで、どうということはないからね。となれば、残るのは他殺だけだ」

「三浦さんが、誰かに殺されたと思うんですか？」

「君だって、そう考えはじめているんだろう」

「ええ。だから、三浦さんのことを、もう一度調べたくなったんです。あなたは何故、急に三浦さんの死に関心を持ち出したんですか、単に他殺の可能性が出て来たからだけですか」

「三浦さんは、僕の頼んだことを調べてくれているうちに死んだんだ。僕に関心があるのは、彼が何か摑んだろうかということだ。もし自殺なら、彼は何も摑めなかったことになる。何故なら、何か摑んでいれば、死ぬ前に僕に伝えてくれたはずだからだ。それで僕は、自殺した三浦さんには何の興味もないといったんだ。だが、他殺となれば話はまったく逆になる。彼が殺されたのは何かを摑んだからと考えられるからね」

「するとあなたは、三浦さんの死に関心があるんじゃなくて、彼が摑んだものに関心があるんですか？」

貴生は、この間と同じように、咎《とが》める眼になっていた。

早川は、「その話はやめよう」と、手を振った。感傷的《センチメンタル》な話は苦手だったし、興味もない。早川が欲しいのは、三浦が、何を摑んだかということだった。

「三浦さんの部屋で、何か見つからなかったかね？」

早川がきくと、貴生は「いや」といった。

「何も見つかりませんでしたよ」

「じゃあ、これから、彼が死んだ場所へ行ってみようか」

二人は、アパートを出て、三浦が電車に飛びこんだ陸橋へ向かった。

陸橋へ着いたとき、小雨が降りはじめた。

第七章　セピア色の写真

1

三浦を殺した二本のレールは、小雨に濡《ぬ》れて鈍く光っていた。

「早川さんは、三浦さんが殺される前に、何を摑《つか》んだと思っているんです？」

貴生は、手すりにもたれ、線路をのぞきこむように見下ろしながらきいた。

早川は煙草に火をつけ、マッチをレールに向かって投げ捨てた。マッチは雨に濡れて、小さな音を立てて落ちた。

「僕は、三浦さんに、正心会と五味大造の関係を調べてくれるように頼んだ。いや、これは正確じゃない。三浦さんが好意的に調べてくれていたというべきだな。だから、そのことについて何か摑んだのだと思う。だから消されたのだろうとね」

「正心会と五味大造との間に、関係があることがわかったんでしょうか？」

「かもしれないし、正心会だけの情報かもしれないし、五味大造の弱味を摑んだのかもしれない。いずれにしろ、犯人にとっては、三浦さんを殺さなければならないくらいに痛いことだったのだ。もしそれが五味大造の弱味だとすれば、われわれがそれを摑むことで、彼を叩きのめし、早川ジャーナルを続いて出すことができる」

「しかし、どうやるつもりです。三浦さんが殺されたと証明することだって困難ですよ。目撃者の夫婦を見つけ出すこともできそうもありませんからね。まして、死んだ三浦さんが、何を摑んだか、それを見つけ出すことは不可能に近いですよ。所持品の中には何もなかったし、アパートの三浦さんの部屋からも何も見つからなかったんですから」

「難しいことはわかっているさ。だが、方法はある」

「どうするんです？」

「一つの方法は、殺された日の三浦さんの行動を追いかけてみることだ。朝起きてから、ここで死ぬまでだ。何処に行き、誰と会ったか。その足取りが摑めれば、三浦さんが見つけたものが何かわかるかもしれない」

「それは、僕にやらせてください」

貴生はキラリと眼を光らせて、早川にいった。

二人の立っている陸橋の下を、六両連結の電車が轟音《ごうおん》を立てて通り過ぎて行った。

「危険な仕事だよ。もし足取りが摑めれば、犯人にぶつかる可能性があるということだからな」

早川がいうと、貴生は「危険はわかっていますよ」といった。

「僕は死んだ三浦さんのために、どうしても犯人を見つけ出してやりたいんです」

「友情のためか？」

「そうです。僕はあなたと違って古風な人間ですからね」

「それはそれでいいさ。だが、僕が欲しいのは、三浦さんの仇《かたき》を討つことじゃなくて、彼の摑んだものが何なのかということだということを忘れないでもらいたいな」

「わかっています。ところで、あなたは何をするんです？」

「二つのことを考えている。一つは表紙に使った写真だ。あのネガを警察に持ちこんで、田沼哲を殺した正心会の足立克彦という男を逮捕させようと思うのだ」

「あなたも正義に目覚めたというわけですか？」

「正義？」

早川は肩をすくめてから、吸い殻を下に向かって弾《はじ》き飛ばした。

「僕は正義には興味がない。それはたいていの場合、敗者の言い訳だからだ。そんな正義なら勝者の悪のほうがどんなにいいかわからん」

「しかし、あなたは殺人犯を警察に告発しようというんでしょう?」

「ああ。だが、正義のためじゃない。写真のネガと撮影した江崎の証言があれば、警察は足立克彦を殺人罪で逮捕するはずだ。もちろん、そのニュースは新聞にも出るに決まっている。もし正心会と五味大造との間に関係があれば、五味大造は狼狽《ろうばい》するだろう。それを観察してやりたいのだ」

「つまり、罠《わな》をかけるということですか?」

「まあ、そうだ。それにもう一つ、五味大造の伝記を書いてやろうと思っている」

「彼の伝記なら、もう何人かが書いていますよ。ひと月ほど前にも『マスコミの帝王・五味大造』というのを読んだ覚えがあります」

「僕のいうのは、そんな伝記のことじゃない。五味大造のマイナス面だけを集めた伝記だ。神格化された彼のベールを引き剝《は》がしてやるのさ」

「そしてまた、彼を恐喝するんですか?」

「他に、われわれが権力を手に入れる方法があるかい?」

早川は切り返すように強い声でいい、もう一度、鈍く光るレールに眼を落とした。

2

次の日、早川は、警察に行く代わりに、先日訪ねて来たU大の学生に電話をかけた。怒りに燃えている彼らをけしかけたほうが、効果があると考えたからだった。

早川が写真のネガが見つかったと電話でいうと、二人の学生が文字どおり飛んできた。

早川は彼らに、封筒に入れたネガを見せた。

「これを渡したら、君たちはどうするつもりだね？」

「もちろん、正心会の奴らを告発するのに使わせてもらいます」

二人の学生は、ネガを持ってすぐにでも警察に飛んで行きそうな気配だった。

「僕も、そうしてもらわなければ困る」

と、早川はいってから、言葉を続けて、

「ついでに、この写真を撮ったカメラマンの名前も教えてあげよう」

「それもわかったんですか？」

二人の学生は嬉《うれ》しそうに顔を輝かせた。早川は肯いた。

「江崎という写真家を知っているかね？」

「若手の婦人科カメラマンでしょう。知っていますよ」

「今は社会派に転換しようとしている。だから、彼は君たちに同情的なはずだ。君たちが証言してくれと頼めば、引き受けるはずだよ。そのとき、何故、今まで名乗り出なかったと、彼を責めないほうがいい」

「そのくらいのことは、心得ていますよ」

「このネガと、カメラマンの証言があれば、警察に犯人を殺人罪で逮捕させるだけの自信はあるのだろうね？」

「もちろんです。警察の尻を引っぱたいてでも、殺人犯の足立克彦を逮捕させますよ。それに共犯の他の正心会の連中もです」

「それを聞いて安心したよ。僕も社会正義が行なわれてほしいからね」

早川は、二人の学生に向かってけしかけるようにいった。

学生たちは、ネガをポケットに突っ込むと、ピョンと早川に頭を下げてから外へ飛び出していった。

その日の夕方になって、江崎から電話が掛かってきた。

「君はひどい男だな」

と、江崎は、いきなりいった。早川は、とぼけて、

「いったい何のことだ？」

と、きき返した。

「東北から帰ったら、突然、警察に呼ばれて、例の写真のことで証言させられたんだ」

「それで？」

「何故、ネガをU大の学生に渡したんだ？」

「それがいちばんいいと思ったからだよ。彼らはネガを警察に持って行って、足立克彦を殺人罪で逮捕させるといった。だから、ネガを渡したんだ」

「君の気持ちがわからない。いったい、何を考えているんだ？」

「何故、そんなことをきくんだ？」

「君は、あのネガで一儲《ひともう》けしようと企《たくら》んでいたはずだ。わかってるんだ。恐喝のネタにする気だったんだろう？　違うとはいわせないぞ」

電話の向こうで、江崎は決めつけるようないい方をした。早川は受話器を持ったまま、声を立てずににやにやした。

「それなのに、何故、ネガを学生に渡す気になったんだ？　学生から警察の手に渡っ

てしまえば、一円にもならなくなるはずだ。何故、そんな気になった？」

「あのネガを、社会正義のために使いたくなっただけのことだよ」

「そんなことを信じるものか。正義なんて言葉に、君は無縁の人間だ。いったい、何を企んでいるんだ？」

「何も。それより、君は警察でありのままを証言したんだろうね？」

「ああ」

「それはよかった」

「よかっただって。僕が証言しようとしたのを押えたのは、いったい誰なんだ？」

「事情が変わったのさ。これで間違いなく正心会の連中は逮捕される。いいことだ」

「いいこと？」

「社会正義が行なわれるんだから、君も満足のはずだよ」

それだけいって、早川は電話を切ってしまった。

事態は早川の予想したとおりに進行した。

翌朝の新聞は、警察が足立克彦を逮捕したと報じた。足立克彦の犯行を立証する写真のネガが発見されたことや、江崎の証言も載っていた。もちろん、この記事は五味大造の経営しているS新報にも載った。

早川は、五味大造がどんな顔でその記事を読んだかを知りたくて、奈美子に電話をかけ、銀座の喫茶店で会った。

奈美子は少し疲れたような顔をしていた。昨日、テレビのビデオ撮りで徹夜したのだという。

「右眼が充血して、ちょっとしたお岩さんなの。だから、サングラスのままで失礼させて頂戴《ちょうだい》」

と、奈美子はいった。

顔の白さに、やや濃い色のサングラスがよく似合っていたが、サングラスをかけたままの彼女に、こうして向かい合って話すのは初めてだった。別人に見えるとはいわないが、いつもの彼女よりきつい感じに見えた。

(奈美子という女は、考えているよりも、強い女なのかもしれないな)

と、早川は思った。それが早川にどうはね返ってくるか、彼自身にもわからなかった。

「あなたも、少し疲れている感じね」

と、奈美子にいわれて、早川は「そうかな」と、手で顔をなぜ廻した。

「いろいろと問題があってね」

「問題といえば、江崎君に昨日会ったら、あなたのことを怒ってたわ。あなたが何を考えてるかわからないって」

「彼からは電話を貰《もら》った。僕も電話で怒鳴られたよ」

「何故、急に警察に協力する気になったの？」

「江崎君には、社会正義のためにそうしたといっておいた」

「でも、本心じゃないんでしょう？」

奈美子はテーブルに頬杖《ほおづえ》をつき、早川の顔をのぞき込むように見て、

「江崎君は、あなたは悪人だから、社会正義のためなんて信じられないっていってたわ」

「悪人か」

と、早川は、首をすくめた。

「君はどう思っている？」

「私？　いわなければならないときになったらいってあげる」

首をかしげるようにしていってから、奈美子は、自分の言葉に自分でおかしくなったといった感じで、クスクスと笑った。

「ところで今日は、私に何の用？　あの写真に関係したこと？」

「僕が写真のネガを警察に提出したことで、足立克彦という正心会の若者が逮捕された」

「それは新聞で読んだわ。この間は、その足立という人と、うちのパパが何か関係があるようなことをいってたわね」

「あるような気がするんだ」

「わかったわ」

「何が？」

「あの新聞記事にパパがどんな反応を見せたか、それが知りたいのね？　そうでしょう」

「そうだ。どうしてもそれが知りたい」

「残念だけど、さっきもいったように、昨日の徹夜の仕事で、パパに会ってないのよ」

「いつ会う？」

「いつでも会えるけど、あなたが会って、直接パパに聞いてみたら？」

「五味さんは、僕に会わないよ。僕を馘《くび》にしたんだからね」

「明日なら、誰にでも会うわ」

でも参加できるわ。時間は夕方の六時から」

「明日は、パパの誕生日なの、毎年、目黒《めぐろ》のG苑でパーティをやるのよ。無礼講《ぶれいこう》で誰でも参加できるわ。時間は夕方の六時から」


「君も出席するんだろう?」

「私は出ない。ああいう大袈裟《おおげさ》なのは嫌いなのよ」

奈美子がちょっと口元を歪《ゆが》めたのは、父親に対する嫌悪《けんお》というより、取巻きたちに対する怒りかもしれなかった。

「君にとって、五味大造はいったい何なんだ?」

早川はきくと、奈美子は一瞬、驚いた顔になった。

「私のパパよ」

「それだけかい?」

「それだけじゃいけないの?」

奈美子の声には、抗議のひびきがあった。

「何故?」

3

翌日、目黒のG苑に出かける前に、早川は貴生に電話をかけてみた。

「何かわかったか？」

「今のところ、何もわかりません」

受話器に聞こえてくる貴生の声には、あまり元気がなかった。

「三浦さんの殺された日の足取りが、どうしても摑めないんです。あの日、東京駅で三浦さんを見たという話は耳にしたんですが、三浦さんが、何処かへ行くつもりだったのか、それとも、誰かを出迎えに行ったのかもわかりません」

「他には？」

「今のところは、それだけです」

「壁にぶつかっているのなら、今夜、G苑へ来てみないか。何か摑めるかもしれない。五味大造の誕生パーティだからね」

「行ってみます」

と、貴生はいった。

G苑でのパーティは、さすがにマスコミの帝王といわれる五味大造の誕生日だけに、盛大を極めていた。

政界や財界の有名人の顔が多いのも、大造の顔の広さを示していたし、アトラクションに有名タレントが多数出演したのは、Sテレビの会長の肩書のせいだろう。

有名人が、次々にマイクの前に立って、今日満六十五歳になった大造を賞《ほ》めあげた。いずれも歯の浮くような賛辞で、早川は苦笑しながら聞いていた。

五味大造は嬉しそうだった。パーティの盛大さが、そのまま自分の力の強さの証拠とでも思っているのかもしれない。

奈美子の姿は探したが見つからなかった。やはり、昨日、喫茶店でいったように、こうして各界の有名人に囲まれた父親には、親しみを持てないのかもしれない。

肩を叩かれて振り返ると、貴生だった。ちょうど通りかかったウエイターから、水割りのグラスを二つ取って、その一つを彼に渡してやってから、早川はホールの隅に連れて行った。

「さっき電話でいったことは本当なのかい？」

「東京駅でのことなら本当です。見たのはアパートの管理人だから、人違いするはずはありません」

「三浦さんは東京駅で何をしていたのかな」

「管理人の話では、見たのは午前十時頃で、三浦さんは八重洲中央口の前で、壁の時間表を眺めていたというんです。乗るために眺めていたのか、誰かを迎えに行って、着く列車の時間を確かめていたのかわからないで困っているんです」

「それなら、可能性の高いほうに決めて調べてみたらいい。普通、駅の時間表は乗るために見るものだよ。だから、僕は三浦さんが東京駅から、列車に乗って何処かへ出かけたんだと思う。少なくとも誰かを迎えに行ったと考えるよりも確率は高いと思うね」

「しかし、早川さんのいうとおりだとして、三浦さんは、東京駅から、何処へ行ったかわかりますか？」

「わからん。だが、かなり限定できるはずだ。東京駅にいたのが午前十時で、死んだのは夜中の十二時だ。その間に十四時間ある。つまり片道七時間以内で行ける所だ。東京駅ということで東北地方は除外される。かといってあまり近い所ではないはずだ。近い所なら、わざわざ東京駅から乗る必要はないからね」

「それでも、範囲は無限に近いですよ。三時間で大阪まで行ける時代ですからね」

「限定できる材料は他にもあるさ」

「三浦さんは、何かを摑んだから殺されたんだ。その何かは殺される直前に摑んだんだと思う。何故なら、もっと前に摑んでいたら僕に知らせてくれているに違いないからだ」

「何です？」

「それは、僕にもわかりますが――」

「つまり、それまでは、三浦さんも、たいしたことは摑んでいなかったということだよ。正心会のことにしても、五味大造のことにしても、その時点では、三浦さんも、われわれと大差のない知識しか持ち合わせていなかったということになる」

「だんだんわかって来ました」

と、貴生はにっこり笑って、

「三浦さんが何処へ行ったにしろ、僕たちの持っている知識から類推できるはずだということですね」

「そうだ」

早川が肯いたとき、ひとしきり拍手が湧いた。また誰かが、歯の浮くような賛辞を五味大造に捧《ささ》げたのだろう。

「君は政界や財界の人間に詳しいかい？」

早川がきくと、貴生は、

「ジャーナリズムに関係していましたから、普通の人より詳しいつもりです」

と、微笑した。

早川は、貴生と元の場所に戻った。

「このパーティの中に、君の知らない顔がいたら教えてくれ」

早川が頼むと、貴生は変な顔をした。

「僕の知らない人ですか？」

「そうだ。君の知っている人間なら、名の知られている人だろうから興味がない。君が知らなくて、しかも、今夜の主賓の五味大造に親しそうに話しかけている人間がいたら、教えてもらいたいんだ」

「それは、例のマイナスの伝記を書くためですか？」

「まあ、そんなところだよ」

「しかし、ざっと見廻したところ、各界の有名人ばかりのようですねえ」

貴生は、ホール一杯の人を見廻してから、小声でいった。

来賓《らいひん》の祝辞が終わると、五味大造がマイクの前に立った。ひときわ高い拍手が生まれた。早川は手を叩かずに、じっと五味大造の顔を見つめていた。

大造は、嬉しそうにニコニコしていた。小さな咳払《せきばら》いをしてから、現在に到るまでの苦労話を始めた。

それは、すでによく知られた大造のエピソードだった。若いとき、いかに苦労したかという苦労話。戦争には反対で、終戦に持っていくために活躍した戦時中の話。そして、戦後いかにしてS新報を建て直したかという話。どれもこれもよく知られた話だった。

そんな話だけを聞いていると、五味大造の現在までの人生は、眩《まばゆ》いばかりの栄光に満ちているように見える。苦労話も、栄光を助ける役になっている。だが、こんな立派な生活だけが、五味大造を形づくっているはずはないと、早川は聞いていて反撥《はんぱつ》を感じるのだ。

立派な生活の連続だけで、マスコミの帝王になれるわけがないと、早川は思う。むしろ立派なエピソードの裏側にある醜い大造の人生が、彼をマスコミの帝王にのし上げたに違いない。

（そして、そのマイナスの部分で、五味大造と正心会あるいは足立克彦とは結びついているのかもしれない。三浦が殺されたのも、彼が五味大造のマイナス部分に触れたからではないだろうか？）

早川が、そんなことを考えている間に、大造の挨拶《あいさつ》は終わりに近づいていた。

「──この機会に、私はささやかではありますが、ポケットマネーを投じて、五味育英基金を設けるつもりであることを発表致します。私は常に、若者こそ、国家、社会繁栄の原動力と信じて来ました。あの戦時中、和平のために奔走《ほんそう》したのも、若者たちを無駄に死なせたくなかったからです。現在、わが国はGNPが自由世界第二位を誇っておりますが、まだまだ恵まれない若者もいると思います。そういう若者たちのための育英基金であります」

また、大きな拍手が起きた。が、早川は今度も手を叩かなかった。

4

パーティは終わりに近づいていた。少しずつホールを埋めていた人波が減っていった。

五味大造は終始、ご機嫌のように見えた。足立克彦が、警察に逮捕されたことが、大造に何らかの影響を与えたのではないかという早川の期待は、外れたように見える。

(今夜は、収穫なしか)と、早川が煙草に火をつけたとき、横にいた貴生が「早川さん」と、低い声で早川の脇腹を突ついた。

「何だ」

「見かけない男が、五味大造に話しかけていますよ」

貴生の言葉で、早川は、あわててホールの正面に眼をやった。和服姿の老人が、五味大造に話しかけていた。

老人は、大造と同年輩くらいの感じだった。見事な白髪だった。早川のいる場所からは遠くて話し声はもちろん聞こえない。

「本当に君の知らない男か？」

「見たことのない顔ですよ」

大造は、その老人の肩を抱くようにして、ホールの隅に連れて行き、何事か親密そうに話し込んでいる。早川は、大造が老人をホールの隅に連れて行ったことに関心を持った。
十二、三分ほど、二人は話し込んでから、白髪の老人は大造の傍を離れ、足早にホールを出て行った。
「つけてみよう」

と、早川は貴生を促した。

老人はG苑を出ると、タクシーを拾った。早川たちも、続いて来たタクシーをとめ、運転手に前の車を追ってくれと頼んだ。

「あの老人に何かあると思うんですか？」

貴生がきく。早川は「わからん」といった。

「賭《か》けてみるのさ。五味大造と親しげに話していたが、有名人じゃない。となれば、それだけで調べてみる価値はあるじゃないか」

「案外、五味大造の親戚かもしれませんよ。そうだとすると無駄骨ですが――」

「無駄骨かどうかはすぐわかるさ」

と、早川は小さく笑って見せた。

老人を乗せたタクシーは、東京駅の丸の内北口で止まった。車から降りた老人は、せかせかした足取りで、切符売場に歩いて行く。早川と貴生は、すかさず、老人のすぐ後に並んだ。

老人が買ったのは沼津までの切符だった。二人も沼津までを買った。

老人は改札口を通って、湘南《しょうなん》電車のホームへ上がって行く。二人は、ゆっくりと後に続いて階段をのぼって行った。行く先がわかっていれば、あわてることはなかった。

「ひょっとすると、三浦さんは、沼津へ行ったのかもしれませんね」

と、貴生がささやいた。

「可能性はある。沼津へ行って、あの老人に会ったのかもしれない」

「しかし、そうだとすると、どうして三浦さんは沼津へ眼をつけたんでしょう？」

「僕にもわからんさ」と、早川はいった。

ホームに、電車はまだ入っていなかった。老人はホームの時間表と腕時計を盛んに見比べている。

早川と貴生は、五、六メートル離れた位置から、それとなく老人を観察した。

小柄で痩《や》せた老人だった。額の両脇が切り込んだように禿《は》げているところをみると、戦争中は軍人だったのかもしれない。それも恐らく職業軍人だったろう。あの禿げは帽子をかぶることの多い職業軍人に特有のものだ。

電車が入ってきたが、ウイークデイのせいか空いていた。老人は腰を下ろすと、腕を組んで眼を閉じてしまった。

沼津に着いたとき、十時を少し廻っていた。

老人には迎えが来ていた。ジープに乗った若者だった。早川と貴生は、駅前にとまっているタクシーに飛び乗って、ジープの後を追わせた。

ジープは、市街を斜めに突っ切って、海岸の道路に出た。月明かりで海面がキラキラ光っていた。

先を行くジープは、かなりのスピードで、暗い海沿いの道路を飛ばして行く。

「この道は何処へ通じているんだね？」

と、早川が、タクシーの運転手にきくと、

「まっすぐ行けば、三津浜《みとはま》から大瀬崎《おおせざき》へ行きますよ。三津浜で左に曲がれば修善寺《しゅぜんじ》です」

という答えが戻ってきた。修善寺は知っていたが、三津浜も大瀬崎も、初めて聞く地名だった。

その三津浜には三十分ほどで着いたが、ジープは、左に曲がらずにまっすぐ飛ばして行く。

早川たちの乗ったタクシーも、伊豆の西海岸の細い道を、飛ばした。窓をあけていると、海と魚の匂いが入ってくる。道は海岸線に沿ってくねくねと曲がっていた。

やがて前方の月明かりの中に、細く突き出した岬が見えてきた。可愛らしい岬だった。

「あれが、大瀬崎です」

と、運転手が教えてくれた。岬に近づくにつれて、道は急にのぼりになり、岬を眼下に見下ろす位置でジープが止まった。

タクシーも続いて止まった。早川は料金を払って、ひとまず帰ってもらった。岬の根元のところにホテルがあるのに気づいたからである。いざとなれば、あれに泊まればいい。

老人と若者は、ジープからおりると、細い急な坂道を岬に向かっておりて行った。早川と貴生も少し離れて、その道をおりて行った。

おりたところから、岬の突端まで、赤茶けた色の砂浜が伸びていた。砂が赤っぽいのは鉄分が多いのだろう。

海はおだやかだった。投げ釣りをやっている人の姿も見えた。夏には海水浴で賑《にぎ》わったかもしれないが、今はひっそりとしていて、波の音だけがやかましい。

老人と若者は、砂浜を岬の突端に向かって歩いて行き、古ぼけた二階建ての家に入った。

早川と貴生は、その家に近づいた。古ぼけてはいるが、がっしりした造りの家だった。

玄関は閉まっていたが、大きな看板が下がっていた。その看板には、鮮やかな筆で、

〈正心会大瀬崎修練道場〉と、書いてあった。

5

早川と貴生は、青白い月明かりの中で思わず顔を見合わせてしまった。

「間違いなく、三浦さんはここへ来たんです」

と、貴生は強い声でいい、建物の中をのぞき込むように見た。二階に明かりがついていたが、それもすぐ消え、ひっそりとしてしまっている。

三浦が、ここへ来たという確信は早川にもあった。三浦は正心会のことを調べていて、修練道場がここにあるのを知り、念のために来てみたに違いない。そして、ここで何を摑んだかはまだわからない。

二人はひとまずホテルに泊まることにした。

小ぢんまりしたそのホテルは、釣り人が数人泊まっているだけで静かだった。部屋に案内されたあと、挨拶に来たホテルの女主人に、早川たちは、修練道場と白髪の老人のことをそれとなく聞いてみた。眼の細い口の軽い感じの女主人は、

「三年前ですけどねえ」

と、二人にいった。

「あの家が売りに出されたら、あのお年寄りが買ったんですよ。修練道場なんて看板を下げたから、いったい何をやるんだろうと思っていたら、若い人が集まって来ては、浜辺で空手の練習をしたり、詩吟を唸《うな》ったりしていますよ。三年間ずっとですよ」

「白髪の老人が、あの道場の主人なんだろうね？」

「ええ。そうですよ」

「どんな人なの？」

「名前は足立さんというんです。足立保《たもつ》さん」

「足立――？」

また二人は、顔を見合わせてしまった。警察に逮捕された足立克彦と、何か関係があるのだろうか。

「昔は、軍人だったんじゃないのかな？」

と、早川がいうと、女主人は「ええ」と肯いた。

「戦時中は、陸軍の中佐か大佐だったそうですよ」

「君は、名前を聞いたことはないのか？」

早川は、貴生の祖父が陸軍少将だったことを思い出してきいてみたが、彼はくびを横にふって、記憶がないといった。

「祖父が自殺したとき、僕はまだほんの子供でしたから」

「足立保という人は、何をして食べているんだろう?」

早川が、女主人に視線を戻してきくと、彼女は、「さあ」と、くびをひねって、

「若い人たちに、何か教えて月謝を貰ってるんじゃないんですか」

といったが、これは間違いに違いない。

むしろ、足立保が、若者たちを食べさせているのだろう。問題は、その金が何処から出ているかということだ。五味大造だとしたら、大造が何故、スポンサーになっているのか、それが問題になる。

「老人と話をしたことがあるの?」

「何回かありますよ。あそこに寝泊まりしている若い人とも」

「話した感じは、どんなだった?」

「道場の人たちは、今どきの若い人には珍しくとても礼儀正しいんですよ。足立さんも同じですけど、ただ、眼つきが妙にギラギラ光っていて、それが気味が悪いんですよ」

ホテルの女主人は、笑いながらくびをすくめて見せた。

翌日、早川は、足立保に直接当たってみることにした。「週刊早川ジャーナル編集長」の肩書のついた名刺は、まだ持っている。それを使えば、足立保のインタビューが出来るはずだと読んだのである。

6

早川の予想は当たっていた。

足立保は、修練道場の二階で二人に会ってくれた。保の両脇には、ボディガードの形で二人の若者が付き添い、ジロジロと早川たちを眺めていた。

「週刊早川ジャーナルというのは、どういう雑誌かね？」

保は、老人にしては張りのある声で、早川にきいた。

「最近、第一号を出したばかりの週刊誌です。S新報の五味さんが、金を出してくれています」

早川がいうと、保は「ほう」と、眼を細めた。

「五味大造がねえ」

呼び捨てのいい方が、この老人と五味大造の関係を示しているように早川には思えた。

「今日は、日本の新しい右翼運動について、あなたのご意見を伺いに来たのです」

と、早川はいった。保は膝に両手を置いて、まっすぐに早川を見た。

「私は初心に戻るべきだと思っている。右翼運動の根元にだ。戦時中、私たちは、純粋に国家と民族とのことだけを考え、そのために自己を犠牲にすることを誇りに思った。それなのに、今の右翼の多くは詰まらないことに色気を持ち過ぎている。堕落だよ。だから、私は右翼の純粋さを保とうと、微力を尽くしているのだがね」

「あなたのその考えに、五味さんも賛成しているんですか？」

「五味大造か。あの男も変わってしまったな」

「変わったというのは、どういうことですか」

「戦時中の五味は、私以上に純粋な精神の持ち主だった。富士の裾野《すその》に、国家に役立つ若者を作る練成道場を設けたのも五味だ。ところが、終戦になった途端にコロリと変わってしまった。別人のようになってしまったのだよ。器用なのだろうが、私からみれば堕落だ。私は会うたびに、それをいってやるのだが、そのたびに、あの男は渋い顔をする。古傷に触れるのが嫌だという顔でな」

保は、あははと大きな声で笑った。

早川は、保の言葉で、五味大造の経歴に一つのマイナス面を見つけたと思った。昨日の誕生パーティで、大造は戦争中和平のために働いたと自画自賛したが、事実は今、保がいったように、狂的な国家主義の信奉者だったのかもしれない。

「新聞で見たのですが、東京で、正心会の若者が警察に逮捕されましたね」

早川がいうと、老人の顔が急に曇った。

「彼は止《や》むに止《や》まれず、田沼哲をやったのだと思う。田沼のような男を許しておくと、日本が危なくなると思ったのだ。確かに、殺すのは悪い。だが、足立の気持ちはよくわかるのだよ」

「しかし、相手の意見が気に食わないからといって、殺してしまうというのは無茶ですよ」

貴生が押し殺したような声で、足立保にいった。

彼の背後にいた二人の若者が、「何だ！」という顔で貴生を睨んだ。

老人は彼等を制止するように、頭を振ってから、貴生に向かって、

「君の名前は？」

「そんなこと、いいでしょう」

「まあいい。君は、田沼哲という男のことを知っているのかね？」

「田沼さんの書いた本は、何冊か読みましたよ。彼の講演を聞いたこともあります。素晴らしいものです」

「奴は嘘つきだ」

「そんなことはありません。立派な人です。多くの若者が、引きつけられるだけのものを持っている人です」

貴生がいい返した。

（こいつは、田沼哲に私淑《ししゅく》していたのか）

と、早川が思った。

足立保は、じっと貴生を見つめていたが、

「君は東勇太郎《あずまゆうたろう》という名前を知っているかね？」

ときいた。

「いや、知りませんが、誰なんですか？」

「戦時中の若い評論家だよ。そのペンネームで、そのころの青少年の愛国心をゆさぶったものだった。当時、いちばんの過激派だったんじゃないかね。アングロサクソンを皆殺しにしろとか、大和民族は世界の指導者になる運命にあるとかだ。本当なら徴《ちょう》兵《へい》年齢だったが、胸をわずらっていた東勇太郎は、兵役をまぬがれ、その分お国に尽くすのだといって、こんな過激な文章を続けていたんだ。一度だけ私は彼に会ったことがあるが、痩《や》せて長身で、眩《まぶ》しいくらい颯爽《さっそう》としていたのを覚えているよ」

「その東勇太郎と今度の事件が、どんな関係があるんですか？」

「日本が敗れたとき、私は自決しようとしてできなかった。東勇太郎は、当然、これだけ過激なことを喋《しゃべ》り、書いていたのだから、私は自決したと思っていた。消息がまったくつかめなかったからね。ところが、昭和三十年頃から、アメリカ帰りの田沼哲という学者で、同時に評論家という男が現われ、革命とか、社会正義とかいう言葉や耳ざわりのいいフランス語で、若者の人気をつかんできたんだ」

足立保は、話し続けた。

「そのうちに、なぜか私の正心会を攻撃するようになった。時代錯誤《さくご》の集団とか、ファシズムの温床《おんしょう》といってだ。私は、なぜ私の正心会を攻撃するのかわからなかった。それで私は、田沼哲という男に注目するようになった。若者たちの集まりで、田沼が講演するのを聞きにいったこともある。最初は知らない男だと思った。ところがある日、私は気がついたんだよ。名前こそ変わっているが、奴は東勇太郎だとね」

「そんなの信じられませんよ」

貴生は、首を小さく振った。

「だが、本当だ。田沼がやたらに正心会を攻撃したのは、昔の奴のことを知っている私が煙たくて、良心がうずくからだったのさ。私はね、別に奴の変節を怒ったわけじゃない。どこの世界にだって、変節漢はいるものだからだ。ただ奴は終始一貫して、戦争に反対してきたみたいなことをいっている。それが許せなかったんだ」

「証拠はあるんですか？」

貴生がきいた。

「証拠？」

「そうです。私は田沼哲の『わが人生を語る』という本を読みましたが、どこにもそんな戦争中の国粋主義的な行動は出ていませんでしたよ。彼は戦争中、反軍国主義的だということで、軍隊では上官に殴られ続けたと書いていました。それに田沼哲というのは、本名です」

「若い君は知らないだろうが、日本が敗れたとき、日本のいたる所が廃墟《はいきょ》のようになっていた。何百万という死者も出た。肉親のすべてを失い、まったくの孤児になった者も何人いたかわからん。奴はそんな孤児の履歴を手に入れて、田沼哲という人間になりすましたんだ。つまり、奴は気が小さくて、アングロサクソンを皆殺しにしろと叫んでいたものだから、アメリカ軍がやってきたら殺されると思い、他人になりすましたんだよ」

「信じられませんね」

「じゃあ、これを見たまえ」

足立保は、奥から一枚の古びた写真を持って来た。

セピア色に変色した写真だった。

「私と五味が戦時中、富士に錬成道場を作っていたことは話したね。そこに一度、奴を呼んだことがあった。講演を頼んだんだよ。そのときの記念写真が一枚だけ残っていた」

と、足立はいった。

早川も、その写真を貴生と一緒に見てみた。

三人の青年が写っている。

いずれも若々しく、二十代の青年たちである。

右端の青年は、上半身裸で、日の丸鉢巻きをし、鍬《くわ》を持っている。明らかに五味大造の若い姿だった。

左端は足立保である。

真ん中にいるのは、ひときわ背が高く、国民服を着ていた。

眼つきの鋭い青年だった。二十四、五歳だろうか。

「それが奴だよ」

と、足立保がいった。

そういえば、死んだ田沼哲によく似ていた。

貴生は、信じられないという顔だった。が、蒼《あお》ざめているところをみると、大変なショックだったのだろう。

だが、べつに田沼哲を何とも思っていなかった早川は、何のショックも受けなかった。

「実は、警察に逮捕された正心会の青年は、足立克彦という名前ですが、あなたと関係があるんですか？」

と、早川はきいた。

「私の孫だ。両親が早く亡くなったので、私が育ててきた」

足立保は、誇らしげにいった。

彼はその孫に、田沼哲が変節した男であることを、いつもいい聞かせていたのであろう。だから、足立克彦は、あの日、木刀を手にして、田沼を襲ったのだ。

「週刊早川ジャーナル――」

保はくびをひねって、何度か口の中で呟《つぶや》きはじめた。

「前に何処かで聞いた名前のような気がするのだがね――」

「そうですか」

と、早川は微笑したが、危険な空気を感じた。早川ジャーナル第一号の表紙に使われた例の写真を保が見ていて、それを思い出したら、怒り出すに決まっているからである。

「もう失礼しよう」

と、早川は貴生を促した。貴生のほうも同じ不安を感じていたとみえて「そうですね」と、立ち上がった。

保が顔を上げて「ゆっくりしていきたまえ」といったが、早川は「他にも用があるので」と貴生と逃げ出すように外へ出た。

ホテルの傍まで駈けてきて、後ろをふり返ったが、保や若者たちが追いかけてくる気配はなかった。

貴生は、急に小さな溜息をついた。

「あれはショックでした」

と、貴生はいった。早川には、何のことかわかっていたが、わざと意地悪く、

「ショックって何のことだ？」

「田沼哲のことです。僕は大学時代、夢中になって彼の書いた本を読み、講演を聞きに行ったんですよ。今、日本が反動化しつつあるとき、田沼哲のような人がいなければいけないと思っていたんです。その田沼哲が、戦時中は右翼だったなんて、考えもしませんでした。ショックですよ」

「そんなことか」

と、早川は笑った。

「別に驚くことはないだろう。人間なんてみんないくつも仮面をかぶっていて、その時、その時に都合のいい仮面にするのさ。あの足立保だって、同じだと思うね。自分は、終始一貫、純粋右翼だったと自慢しているが、僕には信じられないね。戦後すぐには、占領軍に協力して生き延びたに違いないんだ」

「早川さんは、どんな仮面をつけて生きているんですか？」

「今は何の仮面かな。自分でもわからん」

と、早川は笑ってから、

「すぐ、東京に戻ろう」

と、貴生にいった。

貴生は、迷っているようだった。

早川は言葉を続けて、

「五味大造が、戦時中に作ったという富士の錬成道場のことを調べてみるんだ。大造がそれを隠したがるのは何かあるのかもしれないからね」

「僕には興味がありません」

「――」

「僕はここに残ります。三浦さんがここに来たことは確実です。だから、ここに残って犯人を見つけ出したいのです。あの老人か若者が犯人なら、その証拠を摑《つか》みたいんです」

「危険だよ」

「危険は覚悟の上です」

「友情のためかね?」

「そうです。三浦さんは僕には大事な友人だったんです。だから、どんなことをしてでも、犯人を見つけ出したいんです。あなたは馬鹿らしいと思うでしょうが」

「好きにするさ」

と、早川はいい、ちょうど着いた沼津行きのバスに飛び乗った。

第八章　昭和十八年冬

1

東京に戻った早川は、戦時中にあった「富士練成道場」の調査に奔走《ほんそう》した。

早川は戦時中の日本を知ってはいない。本で読むか年長者の話を聞くだけでしか知らないのだが、その話のほとんどは勇ましい戦闘の話か、惨《みじ》めな敗戦の話であって、戦時中の少年の話はあまり聞いたことがなかったし、もちろん、富士練成道場の話も聞いたことはなかった。

早川は、まず、現役を引退した新聞記者に会うことから始めた。

理由は二つあった。第一の理由はもちろん、現在引退している年齢ならば、戦時中は働き盛りのはずであり、富士練成道場のことを知っている可能性が強いことである。

第二の理由は、現在引退していれば、五味大造について遠慮なく話してくれるだろうという計算だった。

最初に会ったのは、現在評論家をしているK氏だった。K氏は富士練成道場というものがあったのは知っていたが、実体についてはよく知らないといった。だが、K氏を訪ねたことは無駄ではなかった。戦時中同僚だった中河《なかがわ》という人が、富士練成道場の取材をしたはずだと教えてくれたからである。

その中河貞夫《さだお》はマスコミ界から完全に引退して、現在、逗子《ずし》の海岸で、悠々自適の生活を送っていた。早川は、K氏のマンションから、まっすぐ逗子に向かった。

中河は白髪の大柄な老人だった。話し相手が欲しかったという様子で、笑顔で早川を迎えてくれた。

「戦時中の話をお聞きしたいのです」

と、早川が切り出すと、中河は、「ほう」といい、過去をまさぐるような眼になった。

「戦時中、富士に青少年のための練成道場があったそうですね？」

「ああ、あったよ。同じようなものが、いろいろな場所にあった」

「あなたが取材されたと聞きましたが」

「ずいぶん昔のことだよ」

「そのときのことを話していただきたいのです。どんな場所だったんですか？」

「建物は粗末だったね。昔流にいえば質素《しっそ》というのだろうがね。いつも二百人くらいの若者がいた。冬でも板の間に寝かされていた。いわば特訓だね。少年たちを、そこに集めて訓練していたんだ」

「五味さんが関係していたのは本当ですか？」

と、早川がきくと、中河は眼を丸くして、

「何故、そんなことを知っているのかね？」

「ある人に聞いたのです」

「五味さんの前では、その話はしないほうがいいね」

「何故でしょう？　終戦直後なら、戦争協力はタブーだったかもしれませんが、今では別にどうということはないと思うんですが」

「まあ、そうかもしれないが――」

急に中河の表情が曖昧《あいまい》なものになった。早川は眼を光らせた。

「いったい、練成道場で何があったんです？」

2

すぐに返事はなかった。中河は難しい顔になって、しばらく天井を睨んでいたが、答える代わりに、

「何故、そんなことをきくのかね？」

と、きき返した。早川は中河の顔をまっすぐに見つめた。

「今、ある人が、伊豆の西海岸に同じような修練道場を作って、若者を訓練しています」

「ほう」

「その人は、富士の練成道場で行なったと同じ訓練を、そこでやろうとしているのです」

「ちょっとした時代錯誤だねえ」

「ですから、富士練成道場で、何か間違いがあったとすると、同じ事件が起こる可能性があるのです。それを防ぎたいのです」

「その話は本当だろうね？」

「本当です。ある人、というのは足立保という名前です。戦時中、五味大造さんと、富士練成道場について、青少年の指導に当たっていたと聞きました。当時の写真を見せて貰いました」

早川がいうと、中河は、「ああ、足立さんね」と、肯いた。

「あの練成道場は、もともと安井友成《やすいともなり》という当時の財閥《ざいばつ》の当主が金を出して全国に作った道場の一つだった。青少年の心身を鍛練するということでね。旧制の中学生を、夏、冬、あるいは春休みに合宿させて、鍛《きた》えていた。皇国の礎《いしずえ》となる青少年を鍛えるというので、食糧事情が悪くなってからも、特別な配給を受けていたんじゃないかね」

「そこで、足立保さんと、五味さんが、指導に当たっていたのは何故なんですか？」

「その辺のところは、わからないが、コネがあったんじゃないかね」

「当時、二人とも二十七、八歳だったと思いますが」

「ああ、そのくらいの年齢だったね」

「当時は、みんな兵隊にとられたんじゃないんですか？　なぜ、二人はそこで、青少年の指導をしていたんでしょうか？」

「だから、コネだといっているんだ。戦争中だってコネが利《き》いたんだよ。いや、当時は軍部がオールマイティだったからね。軍部とコネがあれば、いろいろなことが出来た、というべきだろう。その代わり、軍部に睨まれたら危険な最前線に持っていかれたりしたものだ。私の友人で、軍部を批判する記事を書いた記者がいてね。とたんに召集《しょうしゅう》令状が来て、南方の最前線に引っ張って行かれたことがあるよ。反対に、軍部とうまくつながっていれば、内地で悠々《ゆうゆう》としていられたんだ。国家のためにそうしていることが、必要だと軍部に認められればいいんだからね。次代の皇国民を作るための練成道場の教官なんかは、格好の椅子だと思うね」

中河は、苦い顔をした。

軍部を批判する記事を書いて、最前線にやられたというのは、ひょっとすると、中河自身ではないのかと、早川は思いながら、

「話してくれませんか。富士練成道場で、いったい何があったんです？」

「本当に、さっきのような理由で知りたいのかね？」

「そうです」

「誓えるかね」

「もちろん、誓えます」

「確か昭和十八年だった」

中河はゆっくりした調子で話しはじめた。早川は黙って聞くことにした。変な合の手を入れないほうが、事実を話してくれるだろう。

「十二月の寒い日だった。僕は記事を書くために、一週間ばかり、練成道場で少年たちと寝食を共にした。あの辺はものすごく寒い所でね。僕も当時は若かったから耐えられたが、今なら一日で参ってしまうだろうね」

中河は、微笑した。が、すぐ真面目な表情に戻って、

「僕が入って二日目だったと思う。陸軍の将校が来て、講演をしたんだ。聖戦完遂《かんすい》といった型どおりのものだったが、まずいことに、講演中に三人の若者が居眠りを始めてしまったのだ。連日の猛訓練で疲れ切っていたのだと思う。だが、五味さんは烈火のごとく怒った。戦局が悪化しているとき、神経が高ぶっていたんだろうね。雪の降っている外に連れ出して、殴りつけた。無抵抗の生徒を殴り続けて、動かなくなると蹴《け》った」

「死んだんですか？」

「三人のうち、二人が死んだ」

「そのとき、足立保さんはどうしたんですか？」

「彼が、東京に行っていたときだと思うね」

「死んだのは、何歳ぐらいの少年ですかね？」

「中学三年生だった。冬休みで、そこに合宿していたんだよ。十五歳ぐらいだったろう。都会の少年たちだったね」

と、中河はいってから、急に思い出したように、

「君の他にも、僕に富士練成道場のことを聞きにきた男がいたよ。君の知り合いじゃないのかね？」

と、早川にきいた。

(三浦のことじゃないのか？)

と、早川は思いながら、

「どんな男でした？」

「名前は、三浦といっていたね。何でも五味大造の伝記を書くんだということだった。戦時中の五味大造のことを調べていたら、富士練成道場の教官をやっていたことが、わかったので、その頃のことを話してくれということでね」

「二人の少年が死んだことも、三浦さんに話しましたか？」

「むこうがいろいろときくのでね。ただ、五味大造の伝記には、入れないほうがいいといっておいた。彼が嫌がるだろうからね。三浦という人は、わかったといっていた。

伝記はいつ頃、出るのかな」

「ご存知ないんですか？」

「何をだね？」

「彼は亡くなりました」

「あの三浦という人がかね？」

中河は、さすがにびっくりした顔で早川を見た。

「そうです。死にました」

「丈夫そうに見えたがねえ」

「富士練成道場のことを三浦さんに話したことを、五味大造に伝えましたか？」

「いや」

「では、どこかで、誰かに話されたことはありませんか？」

「何かあるのかね？」

「大事なことかもしれないんです」

とだけ、早川はいった。

「そうだねえ」

と、中河は考えていたが、

「三浦という人に話をした翌日、パーティがあってね。昔の友人が関係しているパーティだったので、出かけて行った。そのとき友人に話したよ。三浦という男が、五味大造の伝記を書くといって、僕のところへ取材に来たとね」

「それは、どんなパーティだったんですか?」

「ABテレビの開局何十年かの祝賀パーティだよ。友人がABテレビの部長をやっているんだよ」

「そのパーティに、五味大造が来ていませんでしたか?」

「来ていたかもわからないが、僕は会わなかったね」

と、中河はいった。

(やはりだ)

早川は、納得した。

それで、三浦のことが五味の耳に入ったのだろう。殺したのは、五味本人ではあるまい。恐らく、自分が、経済的に援助している正心会を使ったのだろう。

「その事件は新聞に載ったんですか?」

「いや。僕も記事にしなかった。没になることがわかっていたからね」

「何故です?」

「何故？」

中河は、きき返してから苦笑してみせた。

「君は若いから知らんだろうが、戦時中は、国民の士気を鈍らせるような記事は載せることは許されなかったのだよ。だから、大地震の記事も載らなかったくらいだ。新聞記者にしてみれば、いちばん辛い時代といえるだろうね」

「殺人ですね？」

「何が？」

「その二人の若者は、五味さんが殺したようなものでしょう」

「君は思い切ったことをいう人だね」

「しかし、事実でしょう？」

「事実だが、狂気の時代だったことを考慮に入れる必要があるよ。あの頃は、同じような事件がいくらもあったんだと思うね」

「富士練成道場の写真か何かありますか？」

「確かあったはずだよ」

中河は気軽く立ち上がり、奥から一冊のスクラップブックを持って来てくれた。戦時中の新聞記事をスクラップしたものだった。中河があけてくれたところを見ると、

「富士に鍛える若者たち」という七回連続の記事が貼ってあった。

もちろん、二人の若者の死の記事はなく、勇ましい言葉の羅列《られつ》であった。毎回写真が載っていたが、その一つは中央に五味大造がいて、少年たちがまわりを囲んでいる写真だった。説明文には「五味教官を囲んで談笑する少年たち」と書いてある。五味大造は若々しい顔つきをしていた。

「これを二、三日お借りしていいですか？」

と、早川はきいた。

3

早川は、そのスクラップを何枚か複写にとった。

翌日から早川は、写真に出ていた当時の少年の消息を調べることを始めた。死んだ二人の少年のことを詳しく聞くためだった。

中河の書いた記事には、若者たちの何人かの名前が出ていたが、それでも楽な仕事ではなかった。

一週間かけて、やっと三人の人に会うことができた。三人ともすでに五十歳を過ぎていて、富士練成道場のことを冷静な口調で淡々と話してくれた。早川はそれをテープにとった。

三人の話から、死んだ二人の少年の名前もわかった。その一人の家は東京の下町であった。早川は、浅草千束町《せんぞくちょう》にある日下部《くさかべ》という家を訪ねてみた。菓子店だった。そこで早川が知ったのは、日下部一郎《いちろう》というその少年の死が、病死として知らされ、今でも家族がそうだと信じていることだった。

「五味大造という人を知っていますか?」

と、早川がきくと、家族は一斉《いっせい》にけげんそうな表情をつくった。

「それは、どなたですか?」

「S新報の会長で、Sテレビの社長でもあるんです」

「そんな偉い方とはつき合いありません」

「一郎さんが亡くなったときの事情を、くわしく話してくれませんか」

と、早川は頼んだ。

すでに、七十を過ぎた母親は、最初は今更、思い出したくないといったが、早川がなおも食いさがると、ぽつりぽつりと、そのときのことを話してくれた。

「一郎が、中学三年の冬休みのときです。昭和十八年でしたかね。学校から、富士の裾野で、合宿生活を送るから、といって参加者を募集したんです」

「強制じゃなかったんですか？」

「いえ。違います。うちの子は、身体が弱かったので、やめなさいといったんです。あの辺は冬は寒いと聞いていましたのでね」

「だが、参加したんですね？」

「あの子は身体の弱いことを、いつも恥かしがっていましたからねえ。自分を鍛えるんだといって、どうしてもきかなかったんですよ」

「亡くなったときは、びっくりされたでしょう？」

「そりゃあね。すぐ飛んで行きましたよ」

「向こうは、何といったんですか？」

「風邪をひいたので、寝かせておいたが、勝手に外出してしまった。気がついたときには、肺炎になっていて、医者を呼んだが、すでに、手おくれだったということでした」

「そんなことをいったんですか？」

「はい」

「向こうに若い教官がいたでしょう？　二十六、七の、覚えていませんか？」

「いらっしゃいました。その人が、説明して下さったんです」

「それが五味大造ですよ」

「そうなんですか」

「本当は、彼が息子さんともう一人の少年を殴り殺したんです。講演の最中に居眠りをしたというだけのことでね」

「まさか――」

「一郎さんが亡くなったあとで、訪ねて来ませんでしたか？」

「いいえ」

家族は、一斉にくびを横に振った。五味大造は戦後も、二人の若者を死なせたことで、その家族に一言も詫びてはいないのだ。

早川は日下部一郎の写真を借りて、自分のアパートに戻った。これで、五味大造に対する武器ができたかどうか、早川自身にもわからなかった。効果があるかどうか、試してみるより仕方がない。

早川はその前に、貴生知勝に電話を入れてみた。富士練成道場の追及にかまけて、西伊豆の大瀬崎に残った貴生のことを、つい忘れてしまっていたのである。

殺された三浦の仇を討ちたいという貴生の気持ちは、早川には馬鹿げてみえるが、彼がどうなったかは、やはり気になった。

電話を、何回かけても貴生は出なかった。まだ大瀬崎から帰っていないか、あるいは帰ったあとで、また何処かへ出かけたのだろう。

（ご苦労なことだ）

と、思い、それなり、早川は貴生のことを心配するのをやめてしまった。

早川は受話器を置くと、机の引出しから便箋《びんせん》を取り出し、五味大造への手紙を書いた。新しい大造への挑戦のつもりであった。

〈昭和十八年に、富士練成道場で死亡した二人の少年のことで、お話をうかがいたいと思うのですが、ご都合はいかがですか〉

4

五味大造からは、返事の手紙も電話もかかって来なかった。

差出人の名前が早川とあるのを見ただけで、中身を読まずに破り棄ててしまったのだろうか。それとも中を読んでも、早川が期待したようなショックを大造に与えなかったのだろうか。

四日して、電話がかかってきたが、それは大造からではなく、娘の奈美子からだった。彼女の声を聞いたとき、早川は嬉しさと失望が奇妙に入り混じった気持ちになった。

「久しぶりね」

と、奈美子は電話の向こうでいった。この間の電話のときも、確か彼女は同じ言葉を口にしたような気がする。何故、そんないい方をするのか、早川はふと考えかけたが、途中でやめてしまった。彼女にのめり込んで行くのが怖かったからである。奈美子のことを考えるときだけ、自分の感情が甘く感傷的になることを早川は自覚していた。

「会いたいんだけどな」

奈美子は、わざとのように、男の子のようないい方をした。

「いいよ」

と、早川はいった。奈美子が場所と時間を指定した。

二人が会ったのは、例の新橋のS飯店だった。奈美子は今日は、サングラスをかけていなかったが、その表情には疲れの色が見えた。早川を見て微笑したが、その微笑には何となく元気がなかった。

「まだ、パパを叩き潰《つぶ》す気でいるの？」

と、奈美子は煙草をもてあそびながらきいたが、その声にはいつものからかうような調子がなかった。

「もちろん」

と、早川は笑った。

「それが僕の生き甲斐《がい》だからね」

「まだ勝てると思っているの？」

「ああ」

「そう」

「変だな。君は、僕が叩きのめされるのを楽しみにしてたんじゃないのか？」

「そうだけど――」

奈美子は、曖昧《あいまい》にいった。彼女は、それきり、父親のことには触れなくなった。奈美子が、何故、そんな曖昧ないい方をしたのか、早川には、わかるようでもあり、わからないようでもあった。

「江崎クンが、三カ月の予定でアフリカに撮影に出かけるわ。アフリカの明るさと暗さをカメラに納めてくるんだって」

奈美子が話題を変えていった。早川は江崎のことも忘れていたことに気がついた。

あの男はアフリカに行くのか。

「今は、アフリカブームだからな」

と、早川が彼らしいいい方をすると、奈美子は小さく笑って、

「あなたらしいいい方だけど、江崎クンはもっと真面目な気持ちでアフリカに行くようだわ。いってみれば自分を鍛えにね。アフリカの焼けつくような太陽の中を走り廻って、婦人科カメラマン時代の甘さを完全に清算するんだといっていたわ。例の写真をあなたに利用されたのも、自分に甘さがあったからだと反省してたくらいよ。彼は彼なりに地道に努力しているわ」

「地道にか。僕には関係のない言葉だな」

「何故、あなたも、彼のような地道な努力をしてみようとしないの？」

「変だな」

「何が？」

「この間まで、君はむしろ、けしかけるようなことを僕にいってたはずだ。それなのに今日は、僕に地道な生き方をすすめる。変だよ。いったい、何があったんだ？」

「別に何もないわ」

いくらか狼狽《ろうばい》したように奈美子はいい、そのあとで「ちょっと失礼するわ」と、急に椅子を立った。

化粧室に行ったのだろうと、早川は思っていたが、彼女はなかなか戻って来なかった。

（おかしいな）

と、早川が、腰を浮かしかけたとき、偶然のように、五味大造が姿を現わして、

「久しぶりだね。早川君」

と声をかけた。なるほど、そうだったのかと、早川は苦笑した。奈美子に、ここで早川に会えと命令したのは大造だろう。あの手紙がやはり気になっていたのだ。だが、早川に引きずり廻されるような形が嫌で、ここで偶然会ったような形にしたかったに違いない。

「お掛けになりませんか」

と、早川は大造にいった。面子《メンツ》にこだわるだけ、大造には弱味があるのだと、早川は考え、それが、逆に丁寧な言葉づかいにさせていた。

「時間があまりないのだが」

と、大造は難しい顔でいった。そんないい方にも大造の虚勢のようなものが感じら

れた。とにかく、あの富士練成道場のことが気になるから、ここに来たに違いないと、早川は思う。

「手紙は、読んでくれましたか？」

「ああ。どうもよくわからん手紙だったがね」

「そうですか？」

早川は、笑った。

「何が可笑《おか》しいのかね」

「よくおわかりのはずなのに、そんな呆《とぼ》け方をなさるからですよ。戦争中のあなたのことは、足立保さんから詳しく聞きましたよ」

「足立が――？」

大造の顔色が変わった。

「驚かれたようですね。しかし安心してください。あの老人は貴方を裏切る気で僕に話してくれたんじゃありません。僕が右翼の同調者のような顔をして、いわば欺《だま》して聞き出したんです」

「いったい、何を聞き出したんだ？」

「手紙に書いたことですよ。戦時中、富士にあった練成道場のことです」

「昔のことだ」

「昔のことだろうと、事実は事実でしょう。あなたは二人の少年を殺した。これは消すことのできない事実ですよ。それは、ずっとあなたの心の奥で苦痛として残っていたはずです。だからこそ、例の写真を採用することをやめさせたんじゃないんですか？　正心会の若者が、あなたに二十数年前の事件を思い出させるから」

「君が足立から聞いたのは話だけだろう？」

「僕は全部調べたんですよ。二人の少年が死ぬのを目撃した証人に会いましたからね」

「証人？」

「当時、富士練成道場へ取材に行っていて、事件を目撃した新聞記者です。あなたが少年たちに囲まれて、得意そうにそり返っている写真も手に入れましたよ。もちろん、死んだ二人の名前も調べました。その一人の日下部一郎の家族は今、浅草に住んでいますよ」

「あれは偶然の事故だったのだ」

「偶然？　とんでもない。雪の中であなたは、二人の少年が死ぬまで殴り続けたんだ。どう弁解しようと殺人ですよ。それ以上に許せないのは、あなたが戦時中そんなことをしておきながら、まるで戦争に反対で、和平のために努力したみたいなことをいっていることです。だからあなたは戦争直後、戦犯にもならず、今日の地位を得ることができたともいえる。つまり今、あなたが座っている権力の座は偽りの上に礎《きず》かれたものでしかない」

「なるほどね」

と、大造は肯いてから、急にニヤニヤ笑い出した。早川の眼が光った。

「何が可笑しいんです？」

「君は、私を道徳的に非難するつもりなんだろう？」

「いけないんですか」

「君にその資格があるのかね？　君は私にいったはずだ。権力を得るために、どんな権謀術策でも取るつもりだし、それは許されるはずだと。その君が私に道徳的な非難を浴びせかけるというのは、自家撞着《どうちゃく》じゃないかね？」

「――――」

一瞬、早川はひるんだ。確かに、自家撞着といえば、そういえるかもしれない。だが、そうした反省は一瞬のことだった。

早川の顔に、笑いが浮かんだ。早川が自家撞着なら、相手を悪人だといって自分を弁護する大造のほうも、自家撞着に落ち込んでいるはずなのだ。

「下手なレトリックでしたね」

と、早川は大造の顔を見た。

「僕があなたを非難するのは、僕に比べて、あなたが卑劣だというんじゃありませんよ。そんなことはいっていない。社会に対して、あなたは責任を取るべきだといっているんです。マスコミの帝王でいる資格が、あなたにはないということなんだ」

早川の言葉で、大造の顔が、また嶮《けわ》しくなった。

「いったい、どうする気なんだね？」

「僕は、あなたの正体を、世間に知らせるつもりでいますよ。二人の少年を殺した責任を追及するつもりです。戦時中の出来事だからといって、許されるはずがないと思いますがね」

「どうやって世間に知らせるつもりだね？」

「もちろん、マスコミを通じてですよ」

と、いってから、早川は自然に苦笑して、

「なるほど、あなたが悠然としている理由がわかりましたよ。マスコミの帝王のあなたなら、活字ジャーナリズムでもテレビでも、簡単に押えられる。僕がいくら社会に訴えたくても、その場がないというわけですね」

「私は、別に何かを押えようという気はない。日本は自由な国家だからね。ただ、今日君が持ち出したような低劣なゴシップは、良識ある活字ジャーナリズムや電波関係なら、誰もまともには取り上げまいがね」

「良識あるですか」

早川は苦笑した。五味大造のような人間の口から、良識という言葉が出てくると、その言葉自体が傲慢《ごうまん》な感じに思えてくる。傲慢で手垢《てあか》に汚れている感じだった。

「君は笑ったが、社会を実際に動かしているのは、良識というものだよ」

大造はさとすようないい方をした。良識のある人間なら、大造と戦うような愚かなことは考えるなというつもりかもしれない。そんな意見は早川には何の関心もないし、無視できるものである。問題はやはり、大造の持っている力だった。大造が押えようとするとすれば、早川の告発など、すべてのマスコミ機関からシャットアウトされてしまうことは、眼に見えている。

「どうやら、僕をドン・キホーテだと思っていらっしゃるようですね？」

「正直にいえば、そうだな」

大造は、ゆっくりと葉巻を取り出して、火をつけた。落ち着き払って見えたが、それが虚勢なのかどうか、早川にはわからなかった。

「そう思っているのなら、何故、僕をこんなに気にするんですか？」

「別に気にしておらん。ただ、君が無駄なことに若さを費やしているのを見るに忍びないから、忠告しているだけのことだ。いわば私の温情だよ」

「そんな温情は真っ平ですね。僕はあなたとあくまでも戦いますよ。戦争中のあなたの殺人も、僕は、あなたに対する戦いの武器にするつもりです。この場で宣告しておきますよ」

「役に立たない武器だということが、わからんのかね？」

「果たしてそうでしょうか」

早川が笑って見せると、今まで悠然と構えていた大造の顔にかすかな狼狽の色が走った。狼狽というより当惑といったほうが正確かもしれない。恐らく大造は、高圧的に出れば、早川が諦《あきら》めるものと計算していたのだろう。

「いったい何ができると思っているのかねえ」

と、大造がきいた。そのいい方には咎《とが》めるような調子と同時に、かすかな不安のひびきも混じっていた。

「知りたいですか？」

早川は、わざと、じらすようにきき返して、大造の顔をのぞきこんだ。

「じらさずにいって見たまえ」

「正直にいえば、僕は、最初からこの件をマスコミに訴える気はありませんでしたよ。あなたが全力で押えるに違いありませんからね。だが、あなただって、個人の意志だけは押えられないはずです」

「個人の意志？　そうか。あの二人の家族を焚《た》きつけるつもりか？」

「家族は四十年以上も欺《だま》されつづけて来たんですよ。病気ではなく、あなたに殺されたんだと知ったら、どう思うでしょうかね？」

「話したのか？」

「もちろん、話しましたよ。恐らく家族は、あなたを告発するでしょうね。それにあなただってすぐわかるはずだが、家族を押えつけようとすると、かえってあなたが非難されることになりますよ。小悪党の僕なら、いくら押えつけても非難はされないでしょうがね」

「――――」

「もう一つ、僕と一緒に働いていた三浦が、なぜ自殺に見せかけて殺されたのか、その理由がわかりましたよ。三浦は、今の僕と同じように、あなたの古傷を見つけてしまったからですよ。しかも、僕の頼みで調べていたことも、消される原因になった。違いますか？」

大造は、黙って横を向いてしまった。二人の少年の家族に告訴されたときの影響を、冷静に計算している顔つきであった。

「早く対応策を考えることですね」

と、早川は皮肉をいって、椅子から立ち上がった。

第九章　戦いの果て

1

早川は、五味と別れたあと、思い立って浅草へ向かった。千束町の日下部の家の前まで来ると、ちょうど通りをへだてて、真ん前にある喫茶店に入った。

窓際のテーブルに腰を下ろし、コーヒーを注文してから、煙草に火をつけた。「日下部菓子店」の看板に眼をやった。ぽつりぽつりと、客がやってくる。子供がアイスクリームを買って行く。

少しずつ陽が落ちてきた。盛り場の方向で、ネオンが輝き始めた。

早川は、腕時計に眼をやった。

（現われると思ったんだが――）

早川は、何本目かの煙草に火をつけた。時だけが空《むな》しく経過して、少しばかり自信を失いかけたとき、日下部菓子店から十五、六メートル先に、一台の車が停まるのが見えた。

白いベンツだった。

（来たな）

と思い、早川はにやりとして、立ち上がった。

車からなかなか人が降りてこない。
五、六分もしてから、やっと人が降りてきた。
五味大造だった。わざと日下部菓子店を通り過ぎたところで、車をとめさせたのだ。

五味は周囲を見廻してから、菓子店に向かってゆっくり歩き出した。

早川は、そっと背後から近づくと、軽く五味の肩を叩いた。

ぎょっとした顔で、五味が振り向いた。早川は、その顔に向かって笑いかけた。

「やっぱり来ましたね」

「――」

五味は、無言で睨《にら》み返していたが、さっときびすを返し、とめてある車に向かって歩き出した。

早川は、その後を追いかけながら、

「この問題は、やはり、あなたのアキレス腱《けん》なんですね？　違いますか？」

と、声をかけた。

返事はなかった。その代わりに五味の肩が、ぴくりとふるえた。

五味は、運転手が開けて待つドアから、リアシートに身体を滑り込ませた。

早川は、窓越しにのぞき込んだ。五味が早川を見た。

その眼には、狼狽《ろうばい》は消え、明らかに怒りがあった。

早川は、窓ガラスをノックした。

ガラスが音もなく下におりた。

「何だ？」

五味がきいた。

「僕は、あなたとケンカをするつもりはありません。友人の三浦が殺されたのは残念ですが、それにも眼をつぶっていい」

早川は、余裕を見せていった。

「乗りたまえ」

と、五味がいった。

早川が、隣りに腰を下ろすと、ベンツはゆっくり走り出した。

運転席との間に、防音ガラスがせりあがってきた。

「これでいい。話してみたまえ」

五味が、落ち着きを取り戻した声でいった。

「僕の望みは、あなたのようになることなんだ。それも一刻も早くです」

と、早川はいった。

「欲張ると、自分で自分を亡《ほろぼ》すことになる」

「そういうお説教は、聞きあきているんですよ。もっと苦労しろとかいった言葉はね。時間がないんですよ」

「まだ若いじゃないか」

「今は、早く年齢《とし》をとるんですよ。それに、老人になって権力を手に入れても仕方がない。若いときこそ、権力を持ちたいし、金も欲しいんです。そうでしょう？　よぼよぼになってから、何十億、何百億の金を手にしたって、仕方がないでしょう？」

「それで、私にどうしてくれというのかね？」

「僕は、正義なんて信じない。いや、正確にいえば、正義の価値を信じないといったほうがいいかな。だから、あなたの秘密を握っても、それであなたを葬る気は、まったくないんですよ。あなたをマスコミの帝王の椅子から追い落としても、僕が代わってそこに座れるわけじゃありませんからね。それより、実質的なものを得たい」

「なるほどね。賢明だというべきか、それとも図々しいというべきかわからんが、つまり、私と取引きをしたいというんだね？」

「あなたのアキレス腱を公表する気はないし、友人の死も忘れることにします。しかし、それはあなたの出方次第です」

「条件は？」

「今までどおり、早川ジャーナルに援助すること」

「それだけかね？」

「いや。前より、僕は、取引き材料を沢山手に入れているんですよ。僕は、活字の世界と同時に、映像の世界にも入って行きたい。来月は、テレビ番組の編成替えがある月ですね？」

「もう次の予定は、決まっている。少なくとも私のＳテレビでは、次の番組はすでにすべて決まっている。ビデオ撮りも始まっているんだ」

「日曜日の午後八時台に、今までＳテレビでは、クイズ番組をやっていましたね。あれは今月いっぱいで終わるんでしょう？」

「そうだ。新しい形式のトーク番組になる。人気者を揃えてのね」

「そのプロデュースを僕がやる」

「何だって？」

「トーク番組のプロデュースをやるといっているんです」

「そんなことが出来ると思うのか？　プロデューサーは、もう決まっている。すでに一回分のビデオ撮りは、すんでいるんだよ」

「あなたは、Sテレビ育ての親で、ワンマンのはずですよ。三カ月前にも、あなたの一存で、中尾というプロデューサーを馘《くび》にしたじゃありませんか。病気勝ちを理由にね。しかし、本当の理由は、あなたの女を中尾さんが、自分の番組のホステスに使うのを断わったからだと、聞いていますよ」

「ばかばかしい」

「三日待ちます。その間に、返事をして下さい」

2

早川が奈美子のアフリカ行きを知ったのは、三日後であった。彼女から届いたハガキには簡単に、アフリカを半年ほど旅行して来るつもりだと書いてあった。それが何を意味しているか、早川にもすぐわかった。

江崎の名前は、どこにも書いてはなかったが、奈美子が彼と行動を共にすることは明らかだった。ある意味でいえば、二人が婚約したともいえるだろう。早川は複雑な気持ちで、その短いハガキを読んだ。

最後に奈美子に会ったとき、彼女が、大造と戦うのをやめて地道な生き方をするように早川にすすめたが、あれはひょっとすると、彼女の愛の告白であったのかもしれない。

あのとき、もし早川が肯《うなず》いていたら、奈美子はアフリカに行く気にはならなかっただろうと、早川は思った。それは、あながち早川の自惚《うぬぼ》れとはいえなかった。早川が大造との戦いをやめないといったときの、彼女の暗い表情を、はっきりと覚えているからである。

早川はハガキの最後に、「午後三時一五分成田発の日航機に乗ります」と書かれているのを、何度か読み返した。

見送りに来てくれということなのか、それとも、自分を引き止めてくれという意味なのか。わざと江崎の名前を書かなかったところをみれば、後者の可能性は十分に考えられた。

早川は迷った。

最初、奈美子に近づいたのは、大造に会うための手段にすぎなかった。その後、彼女に魅力を感じながらも、大造に対する闘志の鈍るのが怖くて、努めて会わないようにした。

だが、彼女のハガキは、早川に決断を求めている。

(彼女が欲しい)

と、早川は思う。彼女と結婚すれば、楽しいだろう。

(だが、それはおれにとって敗北と同じことだ)

と、早川は思う。

早川は五味大造を叩きのめし、奈美子も手に入れたい。

しかし、この二つが両立しないことは、彼女のハガキが示している。初めて会ったとき、奈美子は、早川が父の大造と戦うのを面白がった、けしかけることまでした。だが、あれは父の大造が負けるはずがないと確信していたからこそ、面白がっていたのだろう。大造が、早川に手を焼き出したとき、彼女は迷いはじめ、早川に地道な生き方をしてほしいといった。

恐らく奈美子は、偉大すぎる父親を持て余しながらも心の底では愛しているのだろう。だからこそ、愛する男は父親の敵であってほしくはないのだ。

今、大造のアキレス腱を早川は見つけた。大造を叩きのめすチャンスだと早川は確信していた。このチャンスは絶対に逃がしたくなかった。奈美子を手にすることは、このチャンスを捨てることになる。

もし、貴生知勝からの手紙が届かなかったら、早川はまだ迷いつづけていたかもしれなかった。貴生の手紙には、次のように書いてあった。

〈連絡がおくれて申しわけありません。あれから伊豆に残って、とうとう三浦さんを殺した犯人を見つけました。

やはり、三浦さんを殺したのは、正心会の人間でした。この男は、今、東京渋谷のアパートにいます。ただ単に、三浦さんを殺しただけでなく、五味大造に命令されてやった気配があるのです。

そちらに行って報告したかったのですが、彼のアパートを見張っていたいので、手紙を書きました。アパートは渋谷区代々木××番地。若葉荘。男の部屋は二階の五号室です。すぐ来てください〉

3

早川は、迷った。

奈美子も欲しい。これから成田へ行けば、十分に間に合う。早川が強引に引き止めれば、彼女は、飛行機に乗るのをやめるだろう。

奈美子の気持ちは、今、アフリカにいる江崎と東京の早川の間で、ゆれているに違いない。自分自身で二人のどちらをとっていいか決めかねて、賭《か》けに出たのか。置き手紙で、早川が空港に駆けつけるか、それとも手紙を無視するか、彼の行動によって、自分の将来を決めようとしているのだ。

（奈美子と結婚したら、どうなるだろうか？）

と、早川は考えてみた。

父親の五味は、結婚そのものに反対するだろう。

それは、はっきりしている。

だが、強引に一緒になってしまうことはできる。

奈美子は、一人娘だ。もちろん、五味は、結婚したからといって、早川をS新報や、Sテレビの要職につけようとはしないだろう。

しかし、六十五歳の五味は、早川より早く死ぬはずである。そうなれば、五味家の莫大な財産は、早川のものになる。S新報の実権を握るのは無理としても、Sテレビのほうは、株の大部分を五味大造個人が所有しているから、その株を手に入れて、Sテレビの社長の椅子にだってつけるだろう。

それに、奈美子自身にも魅力がある。

(悪くない方法だ)

と、思った。

これから、タクシーに飛び乗って、「成田へ行ってくれ」といえば、それでいいのだ。

奈美子は、早川に未練があるからこそ、このハガキを出したのだから、引き戻し、一緒になるのは簡単だ。

早川は、腕時計を見た。

まだ、間に合う。

だが、自分が成田に行かないだろうことも、早川自身、わかっていた。どんな卑劣な手段を使ってでも、五味大造のようになりたいと思った。どんな卑劣な手段に訴えてでもである。

下手なドラマのストーリィのような形で、まず奈美子に近づいたのも、そのためだった。

しかし、不思議に、一人娘の奈美子を手に入れ、五味一族の人間になろうということだけは、考えなかった。ある意味では、いちばん易しい方法だった。その方法をとっていれば、仲間の三浦を死なせることもなかっただろう。

だが、なぜか早川は、その方法だけは考えなかったのだ。

理由は、早川自身にもわからない。

若者の潔癖《けっぺき》さといわれたら、早川自身、吹き出してしまうだろう。

しかし、やはり、それは早川の中に残っている純粋さかもしれなかった。

4

早川は、成田の空港へ行く代わりに、若葉荘というアパートへ出かけた。

（アフリカか――）

と、早川は、歩きながら呟いた。江崎は生真面目な男だ。奈美子も彼となら幸福になれるだろう。

若葉荘アパートはすぐわかった。が、見張っているはずの貴生の姿は見当たらなかった。

（問題の男が動き出したので、それを尾行して行ったのだろうか？）

早川は、一度はそう考えたが、暗くなるのを待って、二階の五号室を調べてみることにした。ぎしぎし鳴る階段をのぼった。五号室には明かりがついていなかった。

（やはり外出して、貴生は尾行しているのかもしれない）

と考え、アパートの外でもう少し貴生を待つ気になったが、念のためにドアのノブをつかんで廻してみると、ドアは簡単にあいてしまった。

貴生の手紙にあった「五味大造に命令されてやった気配がある」という言葉が、早川の頭をかすめた。

部屋を調べてみれば、その証拠が見つかるかもしれないし、もし見つかれば、大造の息の根を完全にとめることができる。いや、それを使えば、大造を今の位置から追い出し、早川が、マスコミの世界に躍《おど》り出ることも可能だ。殺人犯になるぐらいなら、大造は、いくらでも金を出すだろう。

早川はドアの隙間《すきま》から、身体をすべりこませた。街燈の明かりが窓からさし込んでいるので、部屋の中はぼんやりと明るかった。狭い部屋で何となく湿っぽい匂いがした。

早川が、ポケットからライターを取り、火をつけて、部屋を照らしたときである。いきなり、背後から、固い鈍器で後頭部を殴りつけられた。眼の前が暗くなり、早川の身体は畳の上にくずおれた。

長い昏睡《こんすい》状態が続いた。気がついたとき、貴生の顔が心配そうに上からのぞきこんでいた。場所は何処かわからなかったが、何か物置のような感じだった。

「ひどく殴られたようですね」

と、貴生がいった。

早川は起き上がったが、ズキズキする頭の痛みに、顔をしかめた。

「君が助けてくれたのか？」

早川がきくと、貴生はくびを横に振った。

「僕たちは、閉じ込められているんです」

「閉じ込められている？」

早川は、驚いて、もう一度、周囲を見廻した。コンクリートの壁が眼に入った。がらんとした部屋だった。天井から裸電球がぶら下がっていた。鉄製のドアがあったが、貴生は鍵がかかっているといった。

「ここは何処だ？」

「正確にはわかりませんが、東京ということは確かです。おそらく、正心会の道場の傍だと思います」

「君は、何故、捕まったんだ？」

「あなたと別れてから、大瀬崎のあの修練道場を見張っていたんですが、油断して、道場の若者たちに捕まってしまったんです。それからここへ運ばれたんです。ところで、早川さんはどうしたんです？」

「三浦さんを殺した犯人を見つけたという、君の手紙で、誘い出されたんだ」

早川はポケットを探ったが、手紙は失くなっていた。彼を殴り倒した奴が持ち去ったのだろう。

貴生はくびを横に振って、

「僕は、手紙なんか書きませんよ」

といった。

「わかっているさ」

と、早川は肯いた。

「よく注意すれば、ニセ手紙だと僕にもわかったんだが、つい気がはやってしまったんだ」

気がはやったからというのは、正確ではなかった。あのとき、奈美子のことで思い悩んでいなければ、ニセ手紙と気づいていたかもしれなかったからである。

「ところで、君は、三浦さんを殺した犯人を見つけたのか？」

「いえ。残念ながら、まだ何もわかっていません。三浦さんを殺した犯人が、正心会の者かどうかもわからないんです」

「犯人が正心会の者であるのは確かだよ」

「何故、わかります」

「僕はまんまとニセ手紙の罠にはまったが、敵も僕を誘い出すのに夢中で尻尾《しっぽ》を出したんだ。手紙に三浦さんの名前が書いてあった。ついうっかり書いたんだろうが、犯人でなければ三浦さんの名前を知るはずがないからね」

「そうですね」

と、貴生は、眼を輝かせてから、

「あなたを何故、彼らは監禁したんでしょう」

「恐らく、五味大造の差し金だろう」

早川は、東京で調べたことや、大造と会ったときのやりとりを、貴生に話して聞かせた。

「僕は、大造のアキレス腱に喰いついたわけさ。だから、向こうも必死になって、足立保の力を借りたんだろうね」

「遺族と話をつける間、あなたに邪魔されたくないということでしょうか？」

「まあ、そんなところだろうね」

早川が肯いたとき、扉についている小さなのぞき窓があいて、若い男の顔がのぞき、

「おい」と、二人を呼んだ。

食事の差し入れだった。ニギリ飯三個に、沢庵《たくあん》が二切れだけという粗末なものだった。

早川と貴生が、苦笑しながら受け取ると、続いて、紐《ひも》で縛った五、六冊の本が投げ込まれた。

「何だ？」

と、早川がきくと、若者はひどく生真面目な顔で、

「日本民族の優秀性を書いた本だ。よく読みたまえ」

といった。

早川は、突き返してやろうと思ったがやめた。べつに読みたい本ではないが、寝るときの枕代わりになるだろうと思ったからである。のぞき窓は閉まり、足音が遠ざかっていった。

「いつも、今の男が、食事を運んで来るのかい？」

早川がきくと、貴生は、沢庵を一切れかじってから、

「そうです。生真面目な男で、この間は、あの小さなのぞき窓越しに論争しましたよ」

と、笑った。

5

「今、何時だ？　僕の時計は、殴られたときに止まってしまったらしい」

早川は、貴生にきいた。

「午後四時を廻ったところです」

「四時か」

早川は、ふいにくすっと笑った。

貴生は、気味悪そうに早川を見て、

「どうしたんですか？」

「四十五分前に、五味大造の一人娘を乗せた日航機が、成田を飛び立ったんだ」

「それで？」

「それだけさ」

と、早川はいった。

タクシーを拾って、成田に向かっていれば、こんなところに、閉じ込められずにすんでいただろう。今頃、奈美子とどこかのホテルへ入っていたかもしれない。

それを考えて、こんなときだが、つい、笑ってしまったのだが、不思議に後悔はなかった。

「車の音も人の声も、聞こえて来ないな」

早川は、耳をすませてみてから、貴生にいった。

「そうなんです。だから、大声で助けを呼んでも、誰も気付いてくれないでしょう」

「どうも、計算違いをしたらしい」

と、早川は呟いた。

「何のことですか？」

「僕はね、五味大造がこちらの要求を呑むと思ったんだ。彼は、冷静に計算すると思ったのさ。僕を殺して、その口をふさぐより、買収したほうがトクだと計算するだろうとね。ところが、間違ってしまった。必要以上に追いつめてしまったのかもしれない。君にも悪いことをしたと、思っているよ」

「そんなことはありませんよ。僕のほうが、あなたより先に捕まったんだから」

「だが、君はべつに殺されなかった。監禁されていただけだ。そうやっておいて、足立と五味は、僕の動きを見ていたんだと思う。僕が大人しくしていれば、君は釈放されたと思うよ。ところが、僕がまた五味大造を脅した。それで、こんなことになったんだ」

早川は、眼の前の鉄の扉を拳で叩いてみた。

だが、びくともしない。手が痛くなるだけだった。

「無駄ですよ」

と、貴生がいった。

窓も高くて、届きそうにないし、届いても鉄格子がはまっている。

早川は腰を下ろして、足立保の置いていった本に眼をやった。

一番上の本には、「八紘一宇《はっこういちう》の精神とは何か」と書かれている。

著者の名前を見て、早川は、呆れてしまった。

陸軍情報局、陸軍少佐の肩書が見えたからである。

戦時中に出版された本なのだ。

あの足立保は、今でもその本を熟読しているのか。

気がつくと、他の四冊もどうやら、戦時中に出版された本ばかりである。

足立保の頭の中では、時間は昭和二十年八月十五日以前で停止してしまっているのか。それとも、戻りたいと念じ続けているのか。

五味大造の援助を受けながら、五味の生き方を裏切りと罵倒《ばとう》する足立の気持ちが、わかったような気がした。

6

鉄の扉のあく鈍い音に、早川は浅い眠りを破られた。朝のぼんやりした光がさし込んでいた。

入口に立った人間は、ちょうど逆光になっているので、最初は誰なのかわからなかった。

「どうだね？　気分は？」

と、しゃがれた声を聞いて、そこに立っているのが、伊豆で会った足立保だと気がついた。

足立は、日本刀を杖のように持ち、彼の背後には、屈強な二人の若者が控えていた。

貴生も起き上がって、足立を睨んだ。

「何故、こんな真似をするんだ？」

と、早川は強い声できいた。

足立は、クックッとのどの奥で笑った。

「それは、君たちのほうで、よく知っているはずだよ」

「三浦さんを殺したのは、あんたたちか？」

貴生が、尖《とが》った声を飛ばした。

「あれは、天誅《てんちゅう》だ」

「天誅？」

「わしは、この日本を昔の日本に戻さなければならん。それが、わしの信念だ。邪魔する者は排除しなきゃならんのだ」

「僕たちも、殺すつもりか？」

早川が蒼《あお》ざめた顔できいた。

「殺さなければならん。いきなりでは、お前たちも覚悟も出来ておらんだろうと、親心で予告してやるのだ。戦時中の若者なら、常に不動心を持っていたから、こんな面倒なことをせんでいいのだがな」

足立は軽く舌打ちをすると、また、扉を閉め、姿を消してしまった。

「頭がおかしいんです。あの老人は」

と、貴生は扉に眼をやって、吐き捨てるようにいった。

「そうだな」

と、早川も肯いた。早川や貴生の眼から見れば狂人だが、足立自身は自分が信念に殉じているだけだと思っているだろう。それだけに、早川はかえって恐ろしかった。

「本当に殺すでしょうか？」

貴生は、まだ半信半疑の表情で、早川にきいた。

「あの老人は本気だよ」

と、早川はいった。

「しかし、何故、彼は僕たちを殺さなければならないんですか？」

「それは今、老人がいったはずだよ。われわれが邪魔だから殺すんだ」

「馬鹿げています」

「馬鹿げているかもしれないが、あの老人は真剣だ。それだけ、五味大造も、不安なんだと思う」

「五味大造が、老人を焚《た》きつけたんでしょうか？」

「老人の信念に訴えたんだろう」

早川は、五味大造の顔を思い出した。大造にとっても、早川や貴生を殺すことは、危険な賭けのはずである。逆に考えれば、それだけ早川が、大造を追い詰めたということもいえるだろう。だが、殺されてしまえば、すべてがゼロになってしまう。

早川は自分を落ち着かせようと努めた。どうにかして、ここを脱け出さなければならない。

殺したあと、死体を始末しなければならないから、明るいうちは殺さないだろう。とすれば、考える時間は十分にあることになる。

早川は立ち上がって、壁を手で叩いてみた。が、びくともしなかった。

「駄目ですよ。壁も扉も頑丈で、とうてい破れません」

と、貴生がいった。

早川は、室内を見廻した。本当に何もない部屋だった。戦うにしても武器にできるようなものは何もない。

眼に入ったのは、若者が投げ入れた五冊の本だけだった。本では戦えない。

(だが——)

ふと、早川の眼が光った。彼は座り込むと、その中の一冊を手に取って、最初の頁から眼を通し始めた。

「何をしているんです？」

貴生が、ポカンとした顔で、早川を見た。早川は黙って、その本を読んでいた。

「そんな本を読んでも仕方がないでしょう」

「そうでもない」

と、早川は本から顔を上げて、貴生を見た。

「君の名前は、確か貴生だったな？」

「そうです」

「貴生勝行《かつゆき》というのは、君の祖父だな？　陸軍少将貴生勝行だ」

「そうです」

「それなら、君だけはここから逃がしてもらえるかもしれないぞ」

「どうしてです？」

「この本は、戦時中、君のお祖父さんが書いた本だ」

早川は、『大義に殉ずるの道』と題された本を、貴生に手渡した。

「確かに祖父の本ですが、これがどうかしたんですが。現代には通用しない本ですよ」

「今、前のほうを少し読んだんだが、書かれていることは、あの足立という老人のいうこととまったく同じだ。恐らくあの老人は現役の頃、君のお祖父さんに心酔していたんだと思う。それに正心会も、君のお祖父さんの倫理感で運営されているんだと思うね。だから、上手《うま》く話せば、君はここを出られるはずだ」

「しかし、僕を出せば、危険なことは知っているはずですよ」

「理屈ではそうだ。だが、あの老人の生き方は信念なんだ。理屈では動かない」

「しかし、僕が一人だけ助かっても、あなたはどうなるんです？」

「君が助かれば、僕の助かるチャンスもできる。君がここを出たあとで、警察に知らせてくれればの話だがね」

「わかりました。やってみます」

と、貴生は、顔を紅潮させた。

7

三時間後に、若者が食事を運んで来たとき貴生は、『大義に殉ずるの道』を、相手に突きつけて、

「何故、僕の祖父の本が、こんな所にあるんだ?」

と詰問するようにいった。

「祖父?」

のぞき窓の若者の顔に、驚きの色の走るのが見えた。

「そうだ。貴生勝行というのは、終戦のとき自刃《じじん》した僕の祖父だ」

「――――」

若者は、黙って、貴生の顔を見つめていたが、急に姿を消してしまった。

のぞき窓をあけ放しにしたまま消えてしまったのは、それだけ驚きが強かったということだろう。

五、六分して、重い扉があいて、足立保が入って来た。

「今の話は本当か？」

足立は、貴生だけに視線を向けてきいた。貴生は、まっすぐに足立の眼を見返して、

「僕の祖父のことか？」

と、きき返した。

「そうだ。本当に貴生閣下の孫なのか？」

「そうだ。貴生勝行の孫だ」

貴生は、ポケットから運転免許証を取り出して、足立に向かって放り投げた。

足立は、手にとって、眼を通してから、

「名前は同じ貴生だな。貴生閣下の私邸が何処にあったか知っているか？」

「麻布《あざぶ》六番町だ。それがどうかしたのか？」

「貴生閣下の未亡人は、どうされているか知っているか？」

「終戦の五年目に、祖母は死んだ。名前は知子《ともこ》だ。僕の名前は、祖父母から一字ずつ貰ったんだ」

「――――」

足立の顔が急に歪《ゆが》んだ。そのまま、しばらく貴生の顔を眺めていた。

「そういえば、貴生閣下の面影がある」

「似ているのは当たり前だ」

「わしは、貴生閣下を崇拝していた。閣下の考えと生き方を、自分の考え、生き方にして来たのです。閣下のお孫さんに会えたのも、地下の閣下のお引き合わせかもしれません」

足立の口調が、急に丁寧なものになった。よく見ると、老人は、眼に涙さえ浮かべているのだ。

「祖父は、終戦の八月十五日に腹を切って死んだ。あんたは何故、死ななかったんだ」

貴生は、追い打ちをかけるようにいった。

足立は顔色を変え、あわてて手を横にふった。

「命が惜しかったから、自刃しなかったのではありません。次の時代の若者に、どうしても貴生閣下の考えや精神を伝えたかったからです。ですから、今もこうして若者たちに教えているのです」

「そして、僕たちを殺すというわけか？」

「とんでもない。貴生閣下のお孫さんを殺したりできるものじゃありません」

「じゃあ僕たちは、ここを出て行っていいんだね？」

「あなたのほうは構いませんが――」

「この人と僕は一心同体なんだ。早川さん、行きましょう」

貴生は早川を促した。早川は黙って立ち上がり、彼の後について入口に向かって歩いて行った。もし、足立が待てといえば、それで終わりだった。が、老人も若者たちも、黙って、早川と貴生が出て行くのを見守っていた。

足立の心には、まだ、戦時中の亡霊が生きている。それが、早川たちを殺させようとしたのだが、今度は逆に、それが足立を金縛りにして、二人を、黙って見逃すことになったのだ。

外に出たところで、早川と貴生は、自然に駈け出していた。

二百メートルほど走ったところで、貴生が急に止まった。

貴生は息をはずませながら、それでも真剣な眼で、早川を見つめた。

「早川さんに聞いておきたいことがあります」

「何だい？」

「これから、どこへ行く気なんですか？」

「もちろん、五味大造に会うんだ。これで、彼にいくらでも金を出させることができる。どんな要求でも、呑むんじゃないかな」

早川は、眼を光らせていった。

「警察に行くと、さっきいったじゃないですか」

貴生は、咎めるように、大きな声を出した。

「ああ、あのときは、カッとしていたからね。しかし、警察に話して何になるんだ？」

「三浦さんは、殺されたんですよ。足立保が、自分で殺したことを、認めたじゃありませんか。それに、僕たちも殺されかけたんです。警察に事実を話すのが、当然じゃありませんか」

「市民の義務というやつか」

「早川さんは笑いますが、それが大事だと、僕は思いますよ」

貴生は、きまじめにいった。

「そんなことをしても、何のトクにもならないよ。警察だって、三浦の死は自殺と断定してしまっているんだ。今更、あれは殺人でしたといったって、警察だって、迷惑するだけだ。それに、五味大造が足立保に頼んで、三浦を消した動機は、戦時中のことだ。すでに時効になってしまっている。警察に話すより、それをネタにして五味を脅したほうが、より、効果的だよ」

「利用するんですか？」

「僕は、何でも利用してのしあがって行きたいと思っている。今が、そのチャンスなんだよ。君にだって、分け前はやる。悪いようにはしない」

「なぜ、こんな危険なことをしてまで、偉くなりたいんですか？」

「危険を承知でやる以外に僕には、方法がないのさ。何のコネもなしに、のしあがっていくには、危険な、こんな手段に訴えるしかないんだ」

「しかし、殺人事件とわかって、黙っているわけにはいきませんよ。それをネタに、金を貰いたいとも思いません」

「いくつになったんだ？　君は」

「そんなことは、関係ありませんよ」

「君は、人生を甘く見ているよ。義務を果たせば、何かいいことがあるとでも、思っているのか？　ただ、ちょっとした自己満足があるだけだ。そんなもののために、手に入るかもしれない大金や、地位を、棒に振るのかね？」

「もう決めたんです。僕は、警察に行きます」

「警察に行くなら、殺すぞ」

早川は、殺気のある眼で、貴生を見すえた。こんな男に、チャンスをなくされてたまるかという気持ちだった。

五味は、早川を殺そうとして、失敗したのだ。今なら、五味大造は、どんな要求でも聞くのではないか？　そのチャンスを失いたくはない。

貴生は、青ざめた顔になりながらも、

「早川さんは、人を殺したことなんか、ないんでしょう？　あなたには、できませんよ」

「できないと思うのか？」

早川は、かすれた声でいった。

周囲が、暗さを増していた。

百メートルほど先に、駅が見えた。その周辺が、明るく灯がついている。

「駅の傍に、警察の派出所がありますね。僕は、これからあそこへ行って、すべてを話そうと思っています。早川さんも一緒に行きませんか？」

「行けば、殺す。これは脅しじゃない」

「殺せませんよ」

貴生は、蒼《あお》白い顔で、早川にというより、自分にいい聞かせるようにいい、派出所の赤い灯に向かって、歩き出した。

早川は、素早く足元を見廻した。

かなり大きなコンクリートの破片を見つけると、手で摑《つか》んだ。

貴生に近づいて、振りかぶった。

ためらいは、なかった。

力を籠《こ》めて、振り下ろそうとした。その瞬間、早川は、いきなり背後から背中を突き刺された。

早川の身体が、暗い通路の上に崩れ折れた。

息が詰まり、意識が失われていく。

かすんでいく早川の眼に、自分を刺した人間がぼんやりと見えた。

足立保が、立っていた。

それに、呆然《ぼうぜん》として早川を見下ろしている貴生の顔。

「心配して、追いかけて来て良かった」

と、足立が貴生にいっている。

それに対して、貴生が何かいった。が、その声はもう早川には聞こえなかった。

解説

縄田一男

本書『仮装の時代　富士山麓殺人事件』を手に取られた方は、おや、いつもの西村京太郎作品とは違うぞ、と些《いささ》か訝《いぶか》しがられたかもしれない。

十津川警部は登場しないし、いつものトラベルミステリでもない……だが、御心配なく。この一巻は、そうした西村作品と較べて優るとも劣らない意欲作なのだから。

本書は、昭和六十年十二月、光文社からカッパノベルスの一冊として刊行された作品で、その折の題名は、『富士山麓殺人事件』といい、原題の『仮装の時代』に戻ったのは、文庫化されたときのことである。

昭和六十年は、西村京太郎が最も精力的に活躍した年でもあり、刊行された作品は、十津川ものを中心に十五冊。原題の改題も、恐らくトラベルミステリめくからという出版社の意向だったのではあるまいか。

が、それ以上に複雑なのは、本書の成立事情である。

作者は、初刊本で、

この雑誌は、ほとんど市販されていないので、読者の眼に止まることもなかったと思う。今、読み直すと、文学青年的な気負いが感じられるのは、私が若かったからだろう。それだけに愛着も感じられる作品である。

と述べている。

文中で「この雑誌は」と記されているのは、村上元三や平岩弓枝、さらには池波正太郎らを輩出した長谷川伸主宰の小説勉強会である「新鷹会」の機関誌であった。昭和三十八年に「歪んだ朝」でオール讀物推理小説新人賞を受賞。四十年には、わが国の社会派ミステリの金字塔『四つの終止符』を、そして四十一年には『天使の傷痕』で第十一回江戸川乱歩賞を受賞。以後、エスピオナージュ、近未来小説と、西村京太郎は多彩な活躍を見せるが、これは同時に、作者のミステリの本質を求めての彷《ほう》徨《こう》であったとも見てとれる。

これらの作品で文壇に赫々《かっかく》たる地歩を築いた西村京太郎は、四十五年に五篇の作品を収めた私家版『南神威島』を刊行。光文社文庫版（解説）で、ミステリの本質を忘れ、「週刊誌の記事を並べたような」作品を喝破した、と中島河太郎は記している。

そして、ある人から自分一人で書いていても主観的になり、欠点に気づかなくなる、と指摘され、前述の新鷹会に入会したのである。

何という真摯《しんし》な創作姿勢であろうか。

そして『仮装の時代』は、「大衆文芸」の四十五年二、三月号から八回にわたって連載され、前述の如く、改題、さらには加筆されて刊行されたのである。

いま一度、中島河太郎の解説を引けば、西村作品の原点は、真のサスペンスの模索と、事件の謎を科学捜査で解くことではなく、微妙な心理の襞《ひだ》をさぐって人間の謎に迫ろうとするものだったという。

これを念頭において本書を読んでいくと、確かに鬼面人を驚かすようなトリックもなければ、時刻表を使ったアリバイ崩しもない。

あるのは、新聞、ＴＶ業界を牛耳る「マスコミの帝王」五味大造と、彼に取って替わろうとする野望に燃える青年・早川吾郎との虚々実々の闘争である。

早川は五味の愛娘である奈美子に接近するも、彼女のボーイフレンド、江崎に煙たがられるが、堂々、敵の本丸たる五味のもとへと乗り込み、人生には勝者と敗者しかいない。自分はどんな卑劣な手や策を弄《ろう》しても、あんたを叩き潰《つぶ》してやる、と宣言。

さっそく五味を罠《わな》にはめ、個人週刊誌の発刊資金を出させることに成功する。

はじめは五味も早川のことを、

「今は、いわば仮装の時代だからな。外面的なものだけで人間を信用しちゃいかんな」

などといい、軽口を叩いているが、現代のジュリアン・ソレル（スタンダール『赤と黒』）の野望は、そんなちっぽけなもので終わるはずもなかった。

早川は幼い頃に両親を喪い、十八歳のときに少年鑑別所に入ったことのある男でもある。これに対して、五味は、どんなに「マスコミの帝王」といわれていても、既に守りに入った人間である。

そして五味の過去と現在、さらには周囲をさぐる早川のまわりで次々と人死にや失《しっ》踪《そう》事件が起こりはじめる。この間、早川は、一瞬でも奈美子との甘美な夢を見るようになった自分を否定し、キャパに憧れつつも「婦人科専門」のカメラマンとして人気を博してきた江崎も新たな道をさぐろうと懊悩《おうのう》する。

そんな中、本書が急展開を遂げるのは、新左翼で反体制派の評論家が撲殺され、それを江崎が写真に収めてからだ。

実は、この写真こそが、五味大造の地位を足下からぐらつかせかねないほどの威力を持ったものだったからだ。

さて、あまりストーリーばかり紹介しても興ざめになるだろうから、このあたりでやめておくが、物語は、主人公に正義派のパートナーがついたあたりから面白い展開を見せはじめ、前述の写真とこの新たな趣向が改題された『富士山麓殺人事件』の恐ろしき秘密を明らかにしてくるのだ。

近年、西村京太郎は、自伝的エッセイ『十五歳の戦争　陸軍幼年学校「最後の生徒」』をはじめ、小説でも、『十津川警部　八月十四日夜の殺人』『無人駅と殺人と戦争』等、戦争絡みの作品が増えている。

ますます円熟味を増しつつある作者の目が究極のテーマに辿《たど》りついたといえるのかもしれない。その意味で本書は、これらの作品の先駆けといってもいいのではあるまいか。

そしてラスト、早川の望みは思いもよらぬかたちで成就する。

巨匠の意欲作をじっくりと味わっていただきたいと思う。

二〇一九年十一月

この作品は１９８９年６月光文社より刊行されました。
なお、本作品はフィクションであり実在の個人・団体などとは一切関係がありません。

本書のコピー、スキャン、デジタル化等の無断複製は著作権法上での例外を除き禁じられています。本書を代行業者等の第三者に依頼してスキャンやデジタル化することは、たとえ個人や家庭内での利用であっても著作権法上一切認められておりません。

徳間文庫

仮装《かそう》の時代《じだい》

富士山麓殺人事件

© Kyôtarô Nishimura 2019

2019年12月15日 初刷

著者 西村《にしむら》京太郎《きょうたろう》

発行者 平野健一

発行所 株式会社徳間書店
東京都品川区上大崎三―一―一
目黒セントラルスクエア
〒141―8202

電話 編集〇三(五四〇三)四三四九
販売〇四九(二九三)五五二一

振替 〇〇一四〇―〇―四四三九二

印刷
製本 大日本印刷株式会社

ISBN978-4-19-894522-0 (乱丁、落丁本はお取りかえいたします)

西村京太郎ファンクラブのご案内

会員特典（年会費2200円）

◆オリジナル会員証の発行　◆西村京太郎記念館の入場料半額
◆年２回の会報誌の発行（４月・10月発行、情報満載です）
◆抽選・各種イベントへの参加
◆新刊・記念館展示物変更等のハガキでのお知らせ（不定期）
◆他、楽しい企画を考案予定!!

入会のご案内

■郵便局に備え付けの郵便振替払込金受領証にて、記入方法を参考にして年会費2200円を振込んで下さい■受領証は保管して下さい■会員の登録には振込みから約１ヶ月ほどかかります■特典等の発送は会員登録完了後になります

[記入方法] １枚目は下記のとおりに口座番号、金額、加入者名を記入し、そして、払込人住所氏名欄に、ご自分の住所・氏名・電話番号を記入して下さい

郵便振替払込金受領証　（窓口払込専用）

口座番号		金額		料金	特殊取扱
00	00230-8-17343	2200		（消費税込み）	
加入者名	西村京太郎事務局				

２枚目は払込取扱票の通信欄に下記のように記入して下さい

通信欄
（1）氏名（フリガナ）
（2）郵便番号（７ケタ）　※必ず７桁でご記入下さい
（3）住所（フリガナ）　※必ず都道府県名からご記入下さい
（4）生年月日（19XX年XX月XX日）
（5）年齢　（6）性別　（7）電話番号

十津川警部、湯河原に事件です

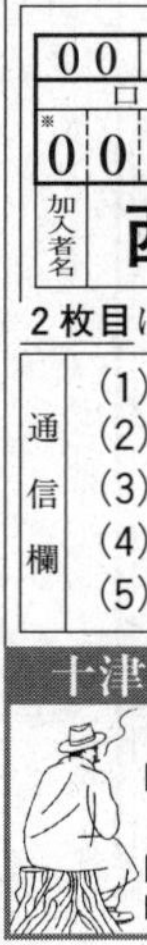

西村京太郎記念館
■お問い合わせ（記念館事務局）
TEL0465-63-1599
■西村京太郎ホームページ
http ://www4.i-younet.ne.jp/~kyotaro/

※申し込みは、郵便振替払込金受領証のみとします。メール・電話での受付けは一切致しません。